여자가

운동을

한다는데

여자가 운동을 한다는데

운동 못하는 스포츠기자가 만난 운동하는 여자들

1판1쇄 펴냄 2020년 4월 16일

지은이 이은경

펴낸이 김경태 **편집** 홍경화 성준근 남슬기 **디자인** 박정영 김재현 **마케팅** 곽근호 전민영
펴낸곳 (주)출판사 클
출판등록 2012년 1월 5일 제311-2012-02호
주소 03385 서울시 은평구 연서로26길 25-6
전화 070-4176-4680 팩스 02-354-4680 이메일 bookkl@bookkl.com

ISBN 979-11-90555-07-4 03810

이 도서의 국립중앙도서관 출판예정도서목록(CIP)은 서지정보유통지원시스템 홈페이지(http://seoji.nl.go.kr)와 국가자료공동목록시스템(http://www.nl.go.kr/kolisnet)에서 이용하실 수 있습니다.(CIP제어번호: CIP2020011027)

여자가 운동을 한다는데

운동 못하는 스포츠기자가 만난
운동하는 여자들

이은경 지음

차례

프롤로그

과체중 운동 열등생의 고백

선천적인 나의 운동 신경은 최하 수준에 가깝다.

초등학교 때부터 체육 시간이 싫었다. 피구를 하면 공이 무서워서 어쩔 줄 몰라 어영부영 헤매다가 제일 먼저 죽었고, 발야구 같은 걸 해도 발이 공을 엉뚱한 방향으로 힘없이 굴려 버리기 일쑤였다.

1990년대에 여자중학교, 여자고등학교를 나온 사람은 공감할 것이다. 체육 시간은 거의 버리는 시간에 가까웠다. 고등학생 즈음 되면 여학생들은 체육 시간 때마다 교실에서 자습이나 하자고 콧소리와 절규가 섞인 괴성을 몰아쳤다. 체육 선생님은 대부분 붕대나 테이프를 칭칭 감은 긴 막대기를 들고 다니는 군기반장 캐릭터라 수업보다 훈시를 좋아했다. 체육 시간은 운동하는 방법이나 이유를 배우는 시간이 아니었다. 선생님이 시범 한번 보여준 것을 그대로 따라해야 점수를 받을 수 있는 극한의 시간이었다.

뜀틀 넘기 시험을 봤을 때, 힘겹게 뛰어올라 뜀틀 위에 주저앉아버렸다. 결과는 최하점. 1000미터 오래달리기 시험 때는 우리 반 꼴찌인 나를 뒷반 1등이 따라잡았다. 착각한 선생님이 내 등수를 뒷반 2등으로 적기도 했다.

아이러니하게도 나는 대학 졸업 후 스포츠신문사에 입사했다. 내 몸은 스포츠 능력치 피라미드 최저층에 있는데, 생업의 현장에서는 상위 0.1퍼센트 꼭대기의 금메달리스트들을 취재하는 처지라니. 그 와중에 짧은 머리를 고수했던 덕분인지 '선수 출신이냐'는 오해를 수도 없이 받았으나 그들은 몰랐다. 내가 체력장이 있는 학력고사 세대였다면 갈 수 있는 대학의 폭이 더 좁아졌을 그런 사람이라는 것을.

그래도 사회생활을 하면서 수영, 스키, 스쿼시, 볼링, 골프 등 다양한 운동을 내 돈 내고 열심히 배웠다. 돈 받은 선생님들은 친절하게 웃으면서 가르쳐주기는 했지만 그들의 이야기를 가만히 들어보면 내가 너무 못해서 이렇게밖에는 못 해주겠다는 변명이 묻어나왔다.

"유연성이 너무 떨어지시네요." "그냥 공을 보고 그대로 따라가면 되는데요." "회원님은 일단 여기까지만 하죠." 그중에서도 제일 많이 들은 말은 따로 있다. 나를 가르쳤던 코치들은 늘 혼잣말 같은 한숨을 내쉬며 중얼거렸다. "아니, 이게 왜 안 되지?"

최근에는 큰맘 먹고 동네 헬스장에 비교적 꾸준히 나가기 시작했다. 오전 시간에 GX(그룹 엑서사이즈, 단체 운동) 수업이 있어서 왠지 돈 내고 본전을 뽑는 듯한 흐뭇한 느낌이 들어서였다.

그러나 거기서도 금세 좌절하고 말았다. 처음에 코치가 시킨 플랭크 1분씩 3세트, 이어서 사이드 플랭크 1분 따위의 엄청난 기초운동을 도저히 따라잡을 수가 없었기 때문이다. 내가 양팔을 부들부들 떨면서 벌개진 얼굴로 고군분투할 때 GX 수업의 대부분을 차지하고 있는 60, 70대의 할머니들은 아무렇지 않은 얼굴로 운동을 다 소화했다. 30분 수업 후 내가 나라 잃은 표정으로 앉아 있으면 "아니, 다 끝난 거야 벌써?"라고 핀잔을 주고는 까르르 웃음을 터뜨리며 아무렇지도 않게 러닝머신에 올라가 30분을 더 뛰는 것이다. 대체 저 할머니들은 집에서 산삼이라도 씹어 드시는 걸까.

나에게 운동이란 무엇일까. 나는 이 질문에 가장 먼저 '숙제'라고 답할 수밖에 없다. 학창시절에는 국영수만큼 중요하지는 않지만 점수를 받아야 하는 수행평가였고, 내 몸에 대해 내가 인지하기 시작한 이후에는 내가 더 날씬하고 예뻐지기 위해서 반드시 해내야 하는 필수 과제였다.

30대를 지나 40대를 훌쩍 넘기면서 운동은 이제 생존을 위한 분야로 넘어갔다. 건강검진에서 하나둘씩 각종 이상징후가 튀어나왔다. 특히나 가장 급한 게 '과체중'이라며 결과표 최상단에 이런 조언이 적혀 있다. '체중을 줄이고 근육을 만들 것.'

주변에는 디스크나 관절에 이상이 생겨서 재활 운동을 하는 사람도 늘어간다. 결국 건강하게, 곱게 늙어가려면 운동을 해야 한다는 걸 뼈저리게 느끼고 있다.

그래서 운동이란, 나에게는 '평생 숙제'다. 물론 그 숙제를 나의 능력과 성실성으로 척척 잘 해내면 가장 좋겠지. 하지만 운동에 관해서라면 그런 경험이 거의 없었다. 그래서 내게 운동이란 늘 어렵고 재미없고 또한 내가 가장 못하는 것 중 하나였다. 숙제를 제대로 해내지 못하니 나는 늘 나 자신을 원망했다. 운동하자는 목표 앞에서 늘 무너지고, 남는 생각은 이런 것뿐이었다. '결국은 또 나와의 싸움에서 지고 만 루저, 돼지, 헬스장 호구.'

왜 그랬을까? 우리 세대 여자들은 TV 속에서 올림픽 금메달을 거머쥐는 세계 최고의 한국 여자 운동선수들을 생생하게 지켜보면서 자랐지만, 동시에 올림픽에서 펼쳐지는 그 어떤 종목도 학창 시절에 제대로 배워본 적 없는 사람들이다.

여자 연예인들의 탄탄하고 예쁜 십일자 복근을 보면서 감탄은 해도, 현실에서는 복근은커녕 근육량을 늘리는 기본 운동 동작조차 잘 모르고 있다. 그러고 보면 내가 운동과 그토록 멀어지게 된 것은 충분한 이유가 있었다. 어쩌면 내가 이토록 운동을 어려워하고 싫어하는 건 단순히 나의 개인적인 문제가 아니라 한국 여자들이라는 집단이 공유하고 있는 문제점일지도 모르겠다.

이 책을 쓰게 된 출발점도 바로 거기에 있다. 운동을 못

하고 싫어하는 나 개인의 문제가 아니라, 한국 여자들 대부분이 운동에 대해서라면 나와 비슷한 느낌을 갖고 있다는 사실은 짚고 넘어갈 문제다.

나는 한국 여자이자, 40대이고, 스포츠기자로 일하고 있다. 이런 내 위치에서 주변 일상을 관찰하는 것부터 시작해서 인터뷰를 하고, 자료조사를 하고, 취재를 하면서 여자와 운동이라는 주제에 대해 하나씩 퍼즐 조각을 모아갔다.

특히 현재 운동을 하고 있는 다양한 연령대의 여자들과 인터뷰를 하면서 여자들이 운동하는 현실에 대해, 그리고 더 많은 여자들이 편안한 마음으로 즐겁게 운동할 수 있는 대안은 무엇일지 조금씩 깊게 고민해보기도 했다.

이 책의 1부에서는 운동에 관해 보통의 한국 여자들이 처한 현실을 짚었다. 그리고 지금 한국과 세계의 스포츠계에서 일어나고 있는, 여성과 스포츠에 대한 여러 현상도 구체적으로 살펴봤다. 그러면서 우리 여자들에게 운동이란 무엇인지, 운동이라는 것을 어떻게 대하는 게 좋을지도 생각해봤다.

2부에서는 보다 생생한 여자들의 이야기를 직접 들었다. 운동이 너무나 싫고, 운동을 하지 못하는 사연을 가진 여자들의 이야기도 거르지 않고 그대로 소개했다. 그러나 본격적인 인터뷰에서는 자신이 좋아하는 스포츠를 열정적으로 즐기고 있는 여자들 이야기를 담았다. 운동하는 여자들, 그들이 말하는 운동에 대해 적극적으로 듣고 물어보려고 했다.

이 책에는 '이렇게 운동을 하면 건강해집니다'라든가 '살을 빼려면 이렇게 운동하세요' 같은 실용적인 운동법 코칭은 들어 있지 않다. 다만 책 속에 등장하는 다양한 여자들의 이야기에 귀를 기울여보고, 독자들도 운동에 대해 한 번 더 생각해보면 좋겠다. 그래서 이 책의 마지막 장을 덮을 때쯤 가볍게 몸을 움직여볼 생각이 든다면 좋겠다. 그리고 자기만의 운동 이야기를 만들어갈 수 있다면 더욱 좋겠다.

1부 여자 그리고 운동

한국 여자의 일생에
운동은 없었다

운동은 여자의 영역이 아니다

> 남녀유별의 오랜 전통적 가치관 속에서 생활해온 여성들이 스포츠를 한다는 것은 그 시대에 산 여성에게는 큰 용기와 대단한 결심 없이는 행동으로 옮기기에 어려운 사회 환경이었다.
>
> 따라서 어느 면에서는 [여성운동이] 말이나 이론으로서가 아니라 행동으로 표출해준 여성운동의 선구자가 바로 운동선수이었다고도 평가받을 만하다.
>
> **— 한양순, 「여성과 스포츠」, 한국여성체육학회지, 1989년 12월 1-22**

히잡을 쓰고 얼굴과 몸 전체를 가린 이슬람 문화권의 여자들이 낯설다고 하지만, 사실 불과 100여 년 전만 해도 이 땅의 여자들 역시 얼굴이나 몸을 대놓고 드러내지 못했다. 불과 몇 십 년 전까지도 격하게 몸을 움직이는 운동은 평범한 여자가 일상생활에서 쉽게 할 만한 활동이 아니었다.

1985년 국민생활체육참여실태조사 결과에 따르면 '지난 1년간 운동을 전혀 하지 않았다'고 답한 여성의 비율이 89.4%에 달했다. 물론 이때는 경제적으로 풍족하지 않은 때라 여가활동이나 자기관리로서의 운동 개념이 희박했을 시대였다. 그러나 여성의 89.4%가 전혀 운동을 하지 않는다고 답할 때 남성은 61.3%만이 같은 대답을 했다.

여자들이 그렇게 답한 비율은 점차 줄어들긴 했다. 1994년에는 56.2%, 2017년에는 24.9%였다. 여전히 3분의 1에 가까운 여자들이 자신이 전혀 운동을 하지 않는다고 답한다.

표1. "지난 1년간 운동을 전혀 하지 않았다" 연도별 남녀 응답 비교

	1985년	1994년	2017년
남	61.3%	30.4%	24.9%
여	89.4%	56.2%	32.8%

문화체육관광부, 국민생활체육참여실태조사

어린 시절부터 자연스럽게 운동하는 습관을 들이는 건 매우 중요하다. 전형적인 예가 현재 40대인 내 세대다. 대학에 들어간 이후 막연하게 '운동을 해야지'라고 생각만 하다가 정작 동네 헬스장에 실제로 등록한 다음 대체 뭘 어떻게 해야 할지 혼돈에 빠졌던 일은 이 세대에서 흔한 경험이다.

운동이 무거운 마음의 짐이나 숙제처럼 느껴지는 것도 이러한 탓이 크다. 도대체가 운동은 나에게 있어서 익숙한 이벤트가 아니다. 일단 시작하기도 매우 어렵지만, 시작을 한다고 한들 뭐가 뭔지 모르겠고 어려울 뿐이다.

취재를 위해 만났던 여자야구 동호회 '히로인즈'의 주장 정민지 씨의 말에 그런 내용이 있다.

40대 이상 나이 좀 있으신 분들도 우리 팀에 많아요. 그분들 정말 얼마나 열심히 하시는지 몰라요. 옆에서 보고 있으면 내가 다 감동할 정도예요. 그런데 그분들이 가끔씩 그런 이야기를 하세요. '이렇게 재미있는 걸 좀 진작 배울걸.' 야구가 기술이 세밀해서 배우는 데 시간이 걸리거든요. 장비도 익숙해져야 하고. 열심히 해서 실력이 늘긴 하는데, 이 속도라면 어느 정도 실력이 될 때, 그때는 환갑이 되겠다는 거죠. 빨리 배우지 못한 게 너무 한이 된대요.

여성이 남성에 비해 스포츠를 접하는 기회를 얻기가 더 어렵다는 사실. 그 자체로 스포츠는 기울어진 운동장이다.

한국체육대학교에서 스포츠사회학을 강의하고 있는 이원미 교수는 "여성이 스포츠에 적극적으로 참여하고 기회가 열리면 결과가 얼마나 극적으로 달라지는지에 대한 증거가 있다"고 설명했다.

이는 육상 단거리의 대표적인 종목 100m에서 여성과 남성의 기록 향상 추이에서 나타난다. 남자 선수들의 기록 단축 속도를 그래프로 그리면 최근 20년 동안의 추이가 완만한 선으로 나타난다. 그러나 그에 비해 여자 선수들의 그래프는 그 경사도가 매우 가파르다.

이원미 교수는 "여자 선수들이 지금의 단축 속도 추이를 그대로 유지한다면 2156년에는 여자가 남자 기록을 뛰어넘는다는 계산까지 나온다"고 설명했다.

이런 현상이 나온 이유는 그동안 남자 선수의 전유물처럼 여겨졌던 육상 100m에서 최근 들어 여자 선수들이 더 적극적으로 참가하고 체계적인 훈련을 하기 시작했기 때문이다. 옛날 여자 육상이 좁은 선수층 속에서 비과학적인 훈련과 낮은 경쟁 환경에서 경기가 치러졌다면, 1980, 90년대를 거치면서 분위기가 달라졌다. 여자 선수들도 보다 넓은 선수층에서 좋은 선수를 골라냈고, 경쟁이 치열해졌으며, 여기에 과학적인 훈련 방법이 더해졌다. 훈련 여건이 달라지니 기록이 급격하게 좋아진 것이다. 이는 "여자는 원래 스포츠를 못해"라는 편견을 반박할 수 있는 자료 중 하나다.

이원미 교수는 "여자들은 어릴 때부터 '좋은 몸매를 만들기 위해 운동해야 한다'는 사회적인 고정관념을 부여받는다. 그런데 그런 어려움을 딛고 취미 영역의 스포츠에서나 엘리트 스포츠에서나 일정 수준 이상의 능력을 발휘하더라도 또 다른 '유리천장'에 부딪힌다"면서 "아무리 운동을 잘했던 뛰어난 선수 출신이라 해도 여자 선수들이 지도자가 되는 비율은 매우 낮다. 스포츠에서 의사결정을 하고 정책을 만드는 각종 단체에서도 여자 임원, 여자 결정권자를 찾기가 어렵다. 이런 현실을 뚫고 지도자가 되고 임원이 된 여성에게는 '독한 년' '드센 여자' 같은 낙인이 찍히곤 한다. 여성들이 '나는 그렇게 드세고 독한 여자가 아닌데 어쩌지?' 생각하고 움츠러들게 하는 것 자체가 낙인이다. 그로 인해 여성이 높은 자리에 올라가는 것을 지레 포기하게 만드는 담론이 형성되었다"고 설명했다.

서두에 설명했던 통계 자료를 다시 보자. 1985년, 한국 여성의 89.4%는 '운동을 전혀 하지 않았다'고 답했다. 35년이 지난 지금 그 여성들 중 절반 이상이 65세 이상이 되었다. 우리는 흔히 '한국 사람들이 일본 사람보다 체격 조건이나 체력이 좋다'고 생각한다. 그런데 65세 이상 한국 여성들을 같은 나이대 일본 여성과 비교했더니 다소 의외의 결과가 나왔다.

표2. 한국-일본 노인기(65~79세) 여성 비교

	체중 (kg)	상대악력 (%)	체질량지수 (kg/㎡)	6분 걷기 (m)
한국	56.9	38.9	24.3	529.2
일본	51.3	46.5	22.2	564.0

문화체육관광부, 국민체력실태조사, 2017

*상대악력: 악력계로 측정한 절대악력(쥐는 힘)을 체질량지수로 나눈 값. 체격이 크면 악력도 당연히 커지기 때문에 체격을 감안해서 쥐는 힘을 측정한 값.

*체질량지수: 몸무게를 키의 제곱으로 나눈 값. 키와 몸무게를 이용하여 지방의 양을 추정하는 비만도 측정법. 숫자가 클수록 비만도가 크다.

한국의 여성 노인이 키도 더 크고 체중도 더 나가지만 체력은 더 떨어진다. 결과표에 따르면 체질량지수가 더 높아 비만도가 더 컸고, 악력과 심폐체력 모두 일본 여성에 비해 떨어졌다. 타고난 체격은 더 좋은데 힘은 떨어진다? 결국 일상생활에서 해온 운동(자주 걷고 움직이는 생활 습관 혹은 꾸준히 지속하는 스포츠 활동 여부)이 결정적인 차이를 만들었을 가능성이 크다.

'운동을 접하는 기회'나 '운동할 수 있는 환경'이 별것 아닌 작은 차이 같은가. 여자들이 운동 기회를 심할 정도로 부여받지 못하면 체격 조건이 좋아도 체력이 달리는 결과가 나올 수 있다.

한국 여성의 생애주기와 운동

아침 9시에 동네 수영장에 가본 적이 있나. 그곳의 피라미드 꼭대기에는 할머니들이 있다. 최소 7~8년 이상 수영센터에 다닌 할머니들 여러 명이 마치 당신들의 안방인 듯 편안한 표정으로 힘차게 물살을 가른다. 할아버지들은 별도의 레인으로 밀려나거나 아예 다른 시간에 나와야 한다.

내가 한창 회사 일에 찌들어 있던 시절에는 그런 모습도 곱게 보이지 않았다. 문화센터를 점령한 노인 회원들을 보면서 '팔자 좋은 할머니들이 할인 왕창 받고 인생을 즐기고 있다'고도 생각했다. 나도 건강을 챙기고 싶지만 운동할 시간 내기조차 힘든데 매일 오전에 자기 시간을 갖는 게 미치도록 부럽기까지 했다.

하지만 내가 회사를 그만두고 갑자기 남아도는 시간이 생기는 바람에 소원대로(?) 오전에 운동을 하기 시작하면서 할머니들과 직접 이야기를 나눠본 다음에는 생각이 바뀌었다. 적어도 매일 아침 출근도장 찍듯 운동을 하러 나오는 할머니들은 대단히 부지런한 성품을 가진 분들이다(시간이 있는 사람이라고 해서 매일 같은 시간에 빠지지 않고 운동하는 게 쉬운 일이 아니다). 또 그분들 중 상당수는 한번 크게 병을 앓았거나 교통사고 같은 안 좋은 사건으로 몸의 건강이 심각하게 망가졌던 경험이 있는 사람들이었다. 아침 수영장 혹은 헬스장은 건강이 가장 중요하다는 걸 뼈저리게 느낀 사람들이 이를 악물고 운동하는 현장이었던 것이다.

20, 30대 젊은이들에게는 운동이 취미의 영역이라면 60대 이후에는 생존의 영역으로 바뀔 수 있다. 특히나 아팠던 경험이 있는 분들은 처음 보는 나를 붙들고 "한 살이라도 젊었을 때 운동을 열심히 하라"며 진지하게 잔소리를 하기도 했다. 어떤 분은 "운동을 하고 안 하고에 따라 여자는 갱년기를 어떻게 넘기느냐가 달라진다. 갱년기가 얼마나 힘든지 아느냐"고 한참을 이야기한 적도 있다.

한국 여성과 운동에 관한 설명을 하려면 생애주기에 따른 설명을 하지 않을 수 없다. 보통의 한국 여자들은 어린 시절에는 활발하게 몸을 움직이면서 체육활동과 놀이를 구분하지 않고 즐기다가 2차 성징이 나타나면서부터 운동을 기피하기 시작한다. 내가 몸을 움직이는 것을 이성 친구나 선생님, 다른 사람이 보는 게 부끄럽다고 느끼기 때문이다. 자신의 몸에 대해 남의 시선을 먼저 의식하고 스스로 대상화하게 되는 것이다.

그래서 20대에 접어들면서 운동보다 다이어트, 근육을 만드는 것보다 날씬해지는 것에 훨씬 더 집중한다. 일단 가장 큰 목표가 슬림한 몸매를 만드는 것이고 운동은 그를 위한 수단 중 하나로만 생각한다.

20대 후반에서 30대가 지나갈 때까지는 운동에 가장 취약해지는 시기를 겪는다. 이 시기 여자들이 운동을 하는 데 결정적인 장애물은 (기혼이라면) 출산과 육아다. 아이를 낳고 키우는 데 거의 모든 시간을 사용하기 때문에 운동을 따로 할 여유가 없어진다. 출산을 하면서 몸 자체가 운동을 하기 어려울 정도로 망가지기도 한다.

40대 중반 이후 자녀를 어느 정도 키워놓고 나서야 운동을 시작하려는 움직임을 보인다. 이 시기에도 살을 빼기 위해 운동을 한다는 비중이 여전히 크지만, 10대나 20대와 비교할 때 건강에 문제가 생겨서 운동을 하게 되는 경우가 많아진다. 노년기 여자들은 앞에서 본 것처럼 건강을 위해, 생존을 위해 운동을 한다.

이처럼 한국 여성의 생애주기를 보면 여자들이 비로소 운동에 대해 편견 없이 적극적으로 받아들이게 되는 게 사실상 40대 이후라고 볼 수 있다. 동네 문화센터나 수영장을 점령하다시피 한 계층이 바로 이 연령대의 여자들이다.

취재를 위해 만났던 대한체육회의 생활체육사업 담당자

는 “체육회가 파악한 생활체육에서 가장 취약한 계층이 바로 20, 30대 여성, 특히 출산을 한 여성이다. 그래서 2018년부터 시범사업으로 시작한 생활체육 지원사업의 타깃 계층을 20, 30대, 육아를 하고 있는 여성으로 했다”고 설명했다.

이 연령대의 여성은 돌봄 노동에 대단히 많은 시간과 에너지를 할애하고 있기에 운동을 할 수 있는 시간이 없다. 아이를 맡기고 운동을 할 만한 시설은 절대적으로 부족하다.

대한체육회 생활체육사업 담당자는 “오히려 50대 이후의 여성은 생활체육 시스템을 가장 적극적으로 이용하는 계층으로 분류된다. 이들은 거주지 인근의 저렴한 운동시설, 무료 스포츠 강의에 대한 정보를 빠르게 공유하고 적극적으로 참여한다. 우리는 오히려 생활체육 지원사업이 50대 이후 여성 계층에게만 혜택이 가는 일을 피하려고 한다”고 설명했다. 같은 ‘여성’이라도 사회적으로 요구하는 역할이 생애주기에 따라 크게 변하기 때문에 운동 참여도도 연령대별로 달라진다는 것이다.

돌봄 노동 부담이 운동 기회를 차단한다

여기서 가장 주목할 만한 키워드가 바로 ‘돌봄 노동’이다. 여자들이 평생 안고 가야 할 의무로 여겨지는 돌봄 노동은 운동을 즐기는 시간, 기회와 큰 연관성을 가진다. 심지어 생활체육시설의 '권력자 집단'으로 생각될 만큼 적극적인 노년층 여성들마저도 돌봄 노동과 떼려야 뗄 수 없는 연관성과 부담감을 안은 채 운동을 하고 있다.

2015년 한국체육학회지에 실린 논문 「한국 베이비붐 세대 여성의 운동문화 연구: 구술생애사 인터뷰를 중심으로」(김영선, 이화여자대학교)를 보면 이러한 점이 도드라진다.

이 논문에서는 베이비붐 세대(1955~1963년생) 여성 여러 명을 인터뷰했다. 그리고 몇 가지 공통점을 뽑아냈는데, 이 중에는 '베이비붐 세대 여성의 운동 참여는 모성성을 벗어나기 어렵다'는 항목이 있다.

인터뷰에 참여한 여성들 중에는 출산, 육아 과정에서 건강이 크게 나빠져서 운동을 결심한 사례가 있었다. 또한 장년층이 된 현재 운동하는 이유에 대해 '친정어머니와 시아버지의 병수발을 들면서 아이들과 남편을 잘 챙기려면 건강해야 해서'라고 말하는 이도 있었다. 딸이면서 며느리, 어머니이자 아내로서의 역할을 수행하기 위해 필요한 것이 무엇보다도 자신의 건강이라고 강조하는 것이다.

삶의 질을 높이기 위해 운동한다고 답한 사람조차 부연 설명으로 '자식에게 신세지지 않는 몸을 만들기 위해' 운동한다는 말을 했다. 다음은 논문에 실린 해당 인터뷰이의 답변이다.

"(자식들과 부모가) 각자가 원하는 삶을 살아가면서 서로 오갈 수 있으려면 우선 기본체력이 있어야 한다고 생각해요. 성인병에 걸려 자식들에게 몸을 맡기면, 아이들도 자기 생활이 있는데… 민폐잖아요.”

자식을 다 키운 할머니들이 이제는 돌봄 노동에서 해방되어 온전히 자신만의 시간을 쓰면서 행복하게 운동한다고 생각하는 이들이 많다. 그러나 과연 한국의 60대 이상 여자들이 성역할에서 벗어나 완전하게 운동을 즐기고 있을까? 젊은 시절 ‘살 빼야 한다’ ‘보기 좋은 몸을 만들어야 한다’는 강박에서 벗어나지 못한 채 운동을 했던 여자들은 노년이 된 후에는 또 한 번 ‘가족에게 폐를 끼치지 않는 몸을 만들어야 한다’는 강박을 안고 운동을 한다.

노년 이후에 자식들이 독립한 후에도 남편이 하지 않는 가사노동과 돌봄 노동은 계속 여성 노인들의 몫이다. 실제로 가족 누군가가 병을 앓을 때 돌보는 사람은 대부분 여성이다. 2011년 보건복지부의 노인실태조사 결과에서는 질병을 앓을 때 주수발자가 가족이라고 답한 비율이 71.3%에 이르렀다. 그러나 이 중에서도 남성 노인 환자의 84.7%가 수발을 받고 있다고 답한 반면 여성 노인 환자는 70.9%가 그렇다고 답해 성별에 따라 피수발률이 주목할 만한 차이를 보이고 있었다.

보건복지부가 2011년 공개한 노인실태조사를 보면 65세 이상 노인 중 여자들이 건강관리 및 운동에 관련된 교육 프로그램에 남자들보다 더 많이 참여한다.

표 3. 노인(65세 이상)의 일반특성별 현재 참여하는 평생교육 프로그램 영역

	건강관리/운동	여가 및 취미	일반교양	정보화	기타
남자	10.5%	35.1%	29.4%	21.4%	3.6%
여자	25.4%	47.9%	15.8%	8.1%	2.8%

보건복지부, 노인실태조사, 2011

노인들은 성별과 관계없이 삶의 질에 있어서 가장 바라는 점으로 경제적 측면보다도 건강을 우선으로 꼽고 있다. 가장 관심 있는 부분도 건강이다. 노인 전체의 44.4%가 자신의 건강 상태를 부정적으로 인식하고 있을 정도로 이 부분에 대해 늘 걱정을 안고 있다. 그런데도 건강관리와 운동에 대한 교육을 여자들이 남자들의 두 배 이상 많이 받는다. 이 부분은 '내가 아프면 안 된다'는 절실함의 차이 아닐까. 아픈 사람 때문에 스트레스를 받고 괴로워 본 경험, 누가 아프면 어떻게 하나 하는 스트레스에 짓눌리는 무게에서 여자 쪽이 훨씬 더 크기 때문이다. 노인의 우울증상(보건복지부, 노인실태조사, 2017 기준, 남성 17.2%, 여성 24.0%)이 여성에게 더 많은 이유도 이러한 현실 속에 있을 것이다.

사회가 바뀌면 기회도 바뀐다

한번은 미국 애틀랜타에 거주하고 있는 후배와 이야기를 하다가 충격을 받은 적이 있다.

"언니, 터울 많이 지는 둘째 낳고 나니까 너무 힘들어. 우리 동네 짐에는 엄마들이 운동하는 동안 아이를 맡아주는데, 가끔은 거기에 애 맡겨놓고 운동기구 위에서 자고 싶다는 생각도 한다니까."

"애를 맡긴다고? 운동하는 동안 애를 봐준다는 거야? 민폐라고 생각 안 하고?"

너무 놀라서 괴성을 지르는 나를 그 후배는 오히려 이상하게 쳐다봤다.

그랬다. 미국은 YMCA 같은 동네 보급형 체육시설에서 일정 비용만 내면 엄마들이 운동하는 동안 활용할 수 있는 베이비시터 서비스가 있었다. 엄마가 운동하는 동안 아기들이 노는 시설이 별도로 있고, 심지어 영유아용과 어린이용이 따로 준비돼 있다고 한다. YMCA보다 월 사용료가 더 비싼 고급형 시설에도 당연히 같은 서비스를 하고 있다. 피트니스 센터 외에 킥복싱 교실이나 줌바댄스 교실에도 아이를 맡기고 엄마가 운동하는 풍경이 일상이라는 것이다.

미국이라고 해서 건국 때부터 여자들의 운동 참여를 당연하게 생각하는 신세계는 아니었다. 현재 우리가 볼 때 여성 스포츠의 천국처럼 보이는 모든 인프라는 1972년 발표된 법안

'타이틀 나인Title IX'에서 시작됐다. 이 법은 한마디로 쉽게 설명하면 남녀평등교육법으로, 연방정부의 지원을 받는 모든 교육 프로그램에서 남녀차별을 금지하는 법안이다. 특히 체육활동에서 가장 대표적으로 적용되었다.

미국 역시 과거에 여학생들은 여자다운 행동을 해야 한다는 고정관념이 강하기는 마찬가지였다. 그러나 타이틀 나인 제정 이후 미국 학교들은 여학생들에게도 남학생들과 동등한 체육활동 기회를 제공했고, 여학생들의 체육활동 참여가 눈에 띄게 활성화되었다.

2006년에 발표된 관련 논문에 따르면 1972년 타이틀 나인 제정 이후 2006년까지 미국 여자 대학생들의 운동활동 참여도가 450% 증가했다.[1] 2008년 기준으로 미국 대학에서 여자 농구 동호회가 있는 비율이 98.8%로 가장 높았고, 그 뒤를 배구(95.7%), 축구(92%), 크로스컨트리(90.8%), 소프트볼(89.2%)이 이었다. 2008년이면 이것도 11년 전의 결과다. 한국 여자인 내가 볼 때는 그야말로 '언빌리버블'한 수치다.

여자 어린이가 운동을 배우는 게 당연하고, 여학생이 운동하는 게 당연한 사회에서는 출산한 지 얼마 안 된 엄마가 잠시 아이를 맡기고 운동하는 것 또한 당연할 것이다.

만일 한국에서 그런 시설이 생긴다면 어떨까. '맘충들이 팔자 편하게 애 버려두고 운동한다'는 비아냥이 쏟아질지 모른다. 여자들의 운동이 당연한 사회는 그만큼 건강한 생각을 하는 사람들에게 다양한 기회가 열려 있는 곳이다. 애석하게도 한국은 이 부분에서는 여전히 갈 길이 멀다.

주

1 Linda Jean Carpenter and R. Vivian Acosta (2006) *Women in Intercollegiate Sport: A Longitudinal National Study Twenty-Nine Year Update 1977-2006.*

여자는 스포츠의 주인공이 아니다?

“여성의 스포츠는 추하다”

> 펜싱, 승마, 조정과 같은 스포츠에 여성이 참가하면 곧 보기 싫은 스포츠로 전락한다. 특히 펜싱경기에 여성이 참가하면 그 가치가 없어진다.
>
> — 피에르 드 쿠베르탱, 「현대 올림픽 정신의 철학적 기초」

20대 때, 나는 스포츠신문사에서 일하면서 나갔던 수많은 소개팅에서 상대 남자가 보내는 ‘네가 뭘 안다고 스포츠기자로 밥을 벌어 먹고 살아?’라는 눈빛들을 수도 없이 겪어보았다. 언제였을까. 어떤 술 취한 아저씨가 1998년 프랑스 월드컵에 일본이 진출했는지 탈락했는지 확인을 해야겠다며 신문사 편집국으로 전화를 건 적이 있다. 내가 “일본도 그 대회에 나갔습니다”하고 답해주자 그 아저씨가 취한 목소리로 “어이, 너 말고 기자 바꿔봐”라고 윽박질렀던 적도 있다. 2000년대 초반 스포츠신문사에서 흔히 일어났던 일상이었다.

미국의 『스포츠 일러스트레이티드』는 2015년 기사에서 여성 스포츠 저널리스트인 제시카 루터의 인터뷰를 인용해 “스포츠에 대해 이야기하는 여자들을 남자들이 공격하는 이유는 여자들이 스포츠에 속하지 않는다는 생각 때문”이라고 했다.

이 글 맨 앞에 인용한 말씀의 주인공은 바로 근대 올림픽의 창시자인 쿠베르탱 남작이다. 그는 1896년 제1회 올림픽을 만들면서 여성은 올림픽에 참가할 수 없다고 못 박았다. 고대올림픽에 남성들만 참가가 가능했듯 근대 올림픽 역시 남성들만의 축제라는 것이다.

쿠베르탱은 여성이 스포츠에 참가하는 것은 "부적절하고 추하며 상스럽다"고 표현했으며 "올림픽은 남성을 위한 것"이어야 하고 "올림픽에서 여성의 역할은 승리한 남성을 위해 환호하고 열광하는 보상수단"이라고도 했다. 그리고 1908년 열린 런던올림픽(당시에는 동·하계 올림픽이 분리되기 전이다) 스케이트 경기에 처음으로 여성들이 참가하게 되자 앞서 인용한 발언을 한 것이다. 그걸 보면 당시 유럽의 엘리트 계층은 여성 스포츠 경기는 공식적으로 드러내놓고 할 일이 아니라고 생각한 듯하다.

쿠베르탱은 이렇게도 말했다. "여자 스케이트 경기는 인간이 볼 수 있는 가장 추한 광경이다." 여성의 스포츠에 대해 '추하다'고 말하는 게 너무 거북하다면, 아마 이런 표현으로 바꾼다면 어떨까? 아마도 거부감 없이 고개를 끄덕일지도 모른다.

'여자는 남자보다 운동을 아주 많이 못한다.' '여자는 몸 쓰는 것 자체를 싫어하고 경쟁도 싫어해 스포츠에 잘 맞지 않는다. 따라서 스포츠와 어울리지 않는 여자가 남자의 영역인 스포츠를 하는 건 보기에 좋지 않다.'

여성의 신체 활동, 특히 여자가 참여하는 스포츠에 대해 비하하는 이들은 여전히 많다. '여자가 운동을 해봐야 얼마나 한다고' '그렇게 공을 차느니 집에서 밥이나 해라'. 여자 야구에 관한 기사에 달린 인터넷 포털사이트 댓글은 이렇다. "남자들 운동하는 데 방해되게 야구 뭐 하러 하냐? 여자는 본업에 충실해라."

그러나 여성 스포츠가 이렇게 '추한' 것이라고 욕하는 이들도 아름답고 섹시한 여자가 몸을 움직이는 건 환영하고 열광한다. 여자 선수들을 그저 성적인 대상으로만 취급하는 것이다.

2015년 12월 미국에서는 이런 해프닝이 있었다. 전 NBA 스타였던 길버트 아레나스가 자신의 인스타그램에 영상 하나를 올려놓았다. 미모의 여성 피트니스 모델 두 명이 일대일 길거리 농구를 하는 영상인데, 이들의 차림새가 브라탑에 끈팬티다. 이 중 한 명은 뒷모습이 나와서 엉덩이가 거의 그대로 드러나 보인다. 아레나스는 이 영상에 덧붙여 훈수를 두었다. "미국 여자 프로농구WNBA가 인기를 얻으려면 선수들이 옷을 덜 입어야 한다"라는 말로.

아레나스의 SNS는 엄청난 논란을 불러일으켰다. 그러나 그는 '당당하게' 자신의 의견을 피력하면서 설전을 벌였다.

"지금 WNBA에는 TV 시리즈 〈오렌지 이즈 더 뉴 블랙〉(여성 재소자들이 나오는 드라마) 속 등장인물 같은 선수들이 가득하다. 내가 틀렸다고 하지 말라. WNBA에는 예쁜이들은 없고 못난이들만 넘친다고."

"내가 남녀차별주의자라고? WNBA 선수 열 명 중 아홉 명이 못생겼는데 누가 돈을 내고 경기를 보러 가겠나?"

"여자 농구는 스포츠 중에서도 남자 시청자들에게 가장

인기가 없는 종목이다. 왜냐하면 거기선 여자들이 남자 흉내를 내고 있으니까. 남자들은 여자들이 남자 흉내를 내는 걸 전혀 보고 싶어하지 않는다. 사실 여자 농구 선수들은 운동 선수들 중에서도 몸매가 꽤 훌륭하고, 농구 경기에는 그런 여자 선수들이 열 명이나 나오는데. 그래도 내가 싫어하는 이유는 이거다. 그곳에는 문신, 드레드 머리, 하이삭스, 헐렁한 반바지, 팔꿈치보호대가 가득하다. 이건 다 남자들 거라고. 이런 식이라면 여자 농구는 앞으로 점점 다른 여성 스포츠에 비해서도 돈을 덜 벌고 인기가 떨어질 게 분명하다. 전세계적으로 돈을 잘 버는 운동선수 리스트를 봐라. 여자 선수 상위권은 모두 테니스 선수가 차지하고 있다. 그건 다 스커트와 엉덩이 덕분이다."

길버트 아레나스의 막말에 WNBA는 공식 입장을 내고 "무례하고 불쾌하다. 여자 농구 선수들은 강하고 재능이 있으며 그들의 모든 것을 코트에 쏟아붓고 있다"고 밝혔다.

여자 선수들도 가만히 있지 않았다. 시카고 스카이 소속이자 2014-2015시즌 WNBA MVP인 엘레나 델 돈의 반격이다.

> 여자들은 남자들이 보라고 이 세상에 만들어진 존재가 아니다. 우리는 사람이다. 우리는 목적을 갖고 산다. 우리는 누군가의 롤모델이자 앞서가는 운동선수다.

길버트 아레나스는 선수 시절 라커룸에 총기를 들고 들어갔다가 제재를 받는 등 각종 물의를 일으켰던 인물이다. 그러나 아레나스의 이야기가 보통 남자들의 생각과 동떨어진 정신 나간 사람의 이야기라고 치부할 일은 아니다.

전세계 축구를 이끄는 국제축구연맹FIFA의 회장조차 비슷한 이야기를 했다. 제프 블라터는 2004년 "여자 축구의 인기를 늘리려면 여자 축구 선수들도 배구처럼 달라붙는 핫팬츠를 입을 필요가 있다"고 했다. 어처구니없는 발언에 당연히 한바탕 난리가 났다.

잉글랜드의 여자 축구 선수 폴린 코프는 이 발언에 대해 "자기가 뭔 소리를 하는지도 모른다"고 퍼부었고, 노르웨이의 리세 클라브네스는 "모델 같은 몸매가 보고 싶다면 여자 축구장에 오지 말고 플레이보이 잡지를 사러 가라"라고 했다.

블라터는 2015년 FIFA 회장 재선에 도전하면서 대단히 진지하게 "내가 바로 여자 축구의 대부다"라고 강조했다. 여자 축구 월드컵이 탄생하기까지 담당관을 맡았고, 여자 축구 월드컵에 대한 애정이 대단하다는 말도 했다. 그는 정말 자기가 뭔 소리를 하는지도 몰랐다.

이런 캐릭터들은 주변에서도 흔히 볼 수 있다. 여자들의 스포츠에 대해 애정이 각별하다고 강조하면서 흥행을 위해서는 선수들이 섹시해져야 한다고 거침없이 주장하는 용감한 아저씨들. 차라리 이들은 양반일지 모른다. 여성들의 스포츠에 대해 노골적으로 비웃고, 추하다고 욕하면서 여성 스포츠 스타들의 가슴 크기 같은 걸 진지하게 논하며 킬킬대는 남자들이 훨씬, 훨씬 더 많으니까.

여자 선수 스스로 편견에 갇히다

2018년 은퇴한 여자 테니스 선수 아그니에슈카 라드반스카(폴란드)는 프로 테니스 선수치고는 근육이 적고 마른 몸매였다. 그의 코치는 인터뷰에서 라드반스카가 일부러 웨이트 트레이닝을 많이 하지 않는다고 폭로했다. "라드반스카는 세계랭킹 톱10 안에 들어가 있다. 그리고 이 수준에서 더 이상 몸을 키우지 않기로 했다. 운동선수이기 이전에 여자고, 여자가 되고 싶어하기 때문이다."

이 인터뷰가 『뉴욕타임스』에 실린 건 2015년 여름이었다. 그 시즌 최고의 여자 선수는 세리나 윌리엄스(미국)였다. 그 시즌에만 그런 게 아니라 이미 당시보다 몇 년 전부터 세계 여자 테니스에서는 윌리엄스를 이길 수 있는 선수가 없어 보일 정도로 그 기세가 대단했다.

윌리엄스는 여자 테니스 선수 중에서도 엄청난 근육질로 유명하다. 『뉴욕타임스』는 "세리나 윌리엄스는 외출할 때 긴소매 옷을 입어서 팔을 먼저 가린다. 사람들이 근육질의 팔뚝을 보면 세리나 윌리엄스인 걸 단번에 알아보기 때문"이라고 썼을 정도다.

전문가들은 세리나 윌리엄스를 꺾기 위해서는 다른 여자 선수들이 그 이상의 근육을 만들어 힘을 키워야 한다고 조언했는데, 대다수의 윌리엄스 경쟁자들은, 라드반스카를 포함해서 "근육질 몸을 만들지 않겠다"고 선언했다. 심지어 마리아 샤라포바(러시아)는 "난 웨이트 트레이닝을 할 때 5파운드(약 2.7kg)가 넘는 덤벨은 들지 않는다. 나는 지금보다 더 날씬해지길 바라고, 셀룰라이트도 없어졌으면 좋겠다. 모든 여자들이 다 그걸 바라지 않나"라고 했다.

세리나 윌리엄스는 '역사상 가장 강한 여자 테니스 선수'라는 이미지를 얻었지만, 동시에 '여성스럽고 아름다운 이미지'는 포기해야 했다. 영국의 『가디언』은 이러한 현실을 지적하면서 "세리나 윌리엄스는 최고의 기량을 갖고 있지만, 팬들은 공공연하게 그에 관한 기사나 동영상 댓글에서 '오랑우탄' '원숭이' 혹은 '남자 같다'는 폭언을 한다. 많은 여자 테니스 선수들이 실력으로 최고가 되려는 야망보다도 여성스러운 이미지를 선택하고 있다"고 썼다.

『뉴욕타임스』는 2015년 7월 10일자 '여자 테니스 선수들이 그들의 우승 야망과 바디 이미지body image의 균형점에 대해 고민하고 있다'는 기사에서 안드레아 페트코비치(독일)의 인터뷰를 소개했다.

페트코비치는 "나는 힘이 모자라서 양손 백핸드를 한다. 그런데 충분히 근력을 키워서 한손 백핸드를 한다면 사람들이 '여성스럽지 않다'고 수군댈까봐 솔직히 겁이 난다"고 했다. 페트코비치는 군살 없는 근육질 몸매인데, 그는 "팬들이 나를 보면 매번 '화면으로 볼 때보다 말랐다. 엄청난 근육질에 체격이 큰 줄 알았다'고 하는데, 그게 스트레스다"라고도 했다.

나는 이 기사를 읽으면서 세계적인 여자 스타들의 솔직

한 인터뷰를 따낸 것에 정말 놀랐다. 나 역시 스포츠 여러 종목을 취재하면서 살을 빼려는 여자 선수와 운동 능력을 더 키울 수 있는 몸을 만들려는 지도자 사이의 신경전을 수차례 목격했다. 구기종목의 어떤 감독은 기자들을 모아놓고 한숨을 푹푹 쉬면서 “아니, 다이어트 한다고 툭 하면 밥을 굶어. 그러니 몸싸움을 어떻게 하고 어떻게 뛰어다녀”라며 에이스 역할을 해야 하는 선수에게 분통을 터뜨리기도 했다. 성적을 내야 하는 지도자는 ‘우승 목표 달성’에 초점을 맞추지만, 선수는 ‘못생겼다’거나 ‘뚱뚱하다’ 같은 험한 반응이 우승을 놓치는 것보다 더 싫었던 거다.

어쩌면 여자 선수 입장에서는 근육을 키우고 피 나는 노력을 해서 최고의 실력을 얻는 것보다 실력은 어느 정도로만 유지하면서 외모를 가꾸는 게 자신의 상품 가치를 훨씬 더 높일 수 있는 길이기 때문에 그렇게 하는 것이리라. 여자 테니스계에서는 오랫동안 세리나 윌리엄스보다 마리아 샤라포바가 돈을 더 많이 번 것처럼.

기자 생활을 하면서 성형 전 사진이 있는 기사를 인터넷에서 삭제해달라는 여자 선수의 전화는 수십 통도 더 받았다. 이상한 표정으로 찍힌 사진이 나가면 선수에게 들들 볶였던 스폰서 기업 관계자가 전화를 해서 ‘제발 사진을 내려달라’며 통사정을 하기도 했다.

프로 스포츠에서는 남녀 선수 모두 외모가 곧 경쟁력이다. 그건 어쩔 수 없는 현실이다. 그러나 그 외모를 스스로 잘

가꿔야만 프로다운 것이며, 아름답지 못한 외모인 경우 죄책감을 느껴야 한다는 엄청난 심리적인 압박은 오롯이 여자 선수들만이 느끼고 있다.

또 이런 상황은 어떤가. 어떤 선수가 운동 실력보다 외모가 훨씬 더 뛰어난 경우, 남자 선수의 경우 잠시 주목받다가 금세 잊힌다. 반면 여자 선수는 처음부터 필요 이상으로 외모에만 포커스를 맞춰 크게 주목을 받고, 시간이 지날수록 '인기 있다고 우쭐대면서 외모만 신경 쓰고 실력은 형편없다'는 악성 댓글에 시달리는 경우도 허다하다. 팬과 미디어의 관심이 처음부터 외모에만 쏠린 상황에서 '왜 관심만 받고 운동은 못해'라는 억울한 욕까지 먹는 것이다.

주로 남성들이 댓글을 다는 포털사이트 스포츠 기사에는 차마 옮겨 담기도 싫은, 여자 선수를 향한 외모 비하 발언이 넘쳐난다. 존경받아 마땅한 역도 황제 장미란은 몸매가 어쩌니, 음식을 얼마만큼 먹니 하는 찌질한 댓글 공격을 받는다. 여드름이 채 가시지 않은 어린 여자 선수에게 외모 비하 공격을 가하는가 하면 얼굴이나 몸매가 예쁜 선수에 대해서는 성적인 농담이 넘쳐난다.

여자들은 어릴 때부터 자신의 몸매와 외모를 스스로 검열하고 움츠러들었던 경험이 누구나 있다. 심지어 몸을 사용해서 운동을 하는 직업을 가진 여자 운동선수들은 관중과 시청자에게 그 몸과 얼굴을 일일이 품평당하고 있다. 뛰어난 여자 선수들이 지레 움츠러들어서 사회가 (특히 남자들이) 요구하는 아름다움의 기준에 자신을 맞추는 것을 운동 능력 향상보다 우선시하는 현상은 스포츠를 지켜보는 여성 팬의 입장에서 씁쓸한 일이다.

여성 스포츠 스타의 상품 가치를 바꾸자

홍미로운 지점은 국제올림픽위원회IOC가 21세기 들어 '오버하는 게 아닌가' 싶을 정도로 남녀평등을 강조하고 있다는 사실이다. 앞서 인용한 쿠베르탱의 정신을 이어받아 근대올림픽 대회를 계속 열어나가고 있는 조직이라는 점을 생각하면 웃음이 나는 대목이다. 2020년 도쿄올림픽에는 남녀혼성 종목이 무더기로 추가됐다. 여자 선수와 남자 선수가 동등하게 나가는 종목을 확대하겠다는 취지다. IOC 관계자들은 강한 여성 스포츠 스타들에 대한 찬사도 늘어놓는다.

사실 이런 배경에는 현대 올림픽이 처한 상황이 있다. 1980년대 이후 전세계적으로 TV가 대중적으로 보급되면서 IOC는 어마어마한 올림픽 중계권료 장사를 했다. 올림픽을 개최하고 싶어서 안달이 난 각 도시들을 상대로 경쟁을 붙여 재미를 봤다. 그러나 최근 추세는 각종 컴퓨터게임, 유튜브와 넷플릭스 등 넘쳐나는 홍미로운 콘텐츠의 홍수 속에서 이름도 모를 수십 가지 비인기 스포츠 종목이 열리는 올림픽의 상업적 가치가 점점 떨어지는 분위기다.

이런 상황에서 'PC함(Political Correctness, 정치적 올바름)'에 집착하는 것은 IOC가 스포츠의 상품성을 유지하고 자신들의 설 자리를 지켜내기 위해 고상한 가치를 내세워 몸부림치는 현실로 보이기도 한다. (오히려 PC에 집착하는 것이 역설적으로 여성 스포츠에 대한 편견과 차별이 여전하다는 증거가 아닌가 싶지만.) 이제는 쿠베르탱의 여성혐오적 시각으로는 21세기 스포츠 세계에서 먹고살기가 불가능해졌다. 세상은 그렇게 변했다.

좀 더 주목할 만한 부분은 스포츠 마케팅이다. 여성 소비자를 홀대했던 스포츠 마케팅에서 언제부턴가 여자 선수, 혹은 운동하는 여자의 이미지를 전면에 내세운 마케팅을 하기 시작했다.

스포츠 마케팅에서 여자 선수가 강렬한 인상을 남긴 '첫 사건'은 1999년에 나왔다. 그해 FIFA 여자 월드컵 결승전은 미국과 중국의 승부차기로 우승팀을 가리게 됐는데, 미국의 수비수 브랜디 체스테인이 마지막 승부차기 키커로 골을 성공시키고 미국 우승을 확정지었다. 체스테인은 골을 넣은 뒤 무릎을 꿇고 앉아 상의를 벗어던지고 스포츠브라만 착용한 채로 기쁨의 세리머니를 했다.

이때 체스테인이 입고 있던 스포츠브라에 선명한 나이키 로고가 있었고, 이는 '여성의 힘과 아름다움을 보여준 장면'으로 기억됐다. 당시로서는 여자 선수가 유니폼 상의를 벗어던지는 게 대단히 파격적이었는데 근육질의 여자 축구 선수가 스포츠브라만 착용한 채 포효하는 모습이 꽤나 멋있어 보인 것도 사실이었다.

그때부터였던 것 같다. 글로벌 스포츠 브랜드들이 서서히 '강한 여성'을 내세우며 캠페인을 시작했다. 스포츠 매장에는 농구나 축구의 대표적인 남자 스타들 대형 사진이 걸려 있는 게 당연했는데, 2000년대 이후 점차 여자 스타들이나 모델들이 근육을 드러내고 운동하는 이미지가 쏟아져 나왔다.

왜 스포츠 브랜드들은 21세기 이후에야 여자들을 주목하게 되었을까. 간단하게 설명하자면, '돈' 때문이다. 그동안 스포츠 브랜드는 멋진 남자 스타의 파워풀하고 압도적인 이미지에 기대어 자사 브랜드의 이미지를 굳히는 데 톡톡히 재미를 봤다. 나이키는 마이클 조던과 타이거 우즈를 내세워 세계적인 브랜드로 성장했다. 스포츠 브랜드들은 당연히 주고객층도 남성이라고 파악하고 있었다.

그런데 마케팅과 시장조사가 정교해지면서 조금 다른 결과에 주목하게 됐다. 2019년 경제잡지 『포브스』에는 '여자들이 스포츠 세상에서 메이저로 떠오르며 충격을 던지고 있다'는 제목의 기사가 실렸다.

이에 따르면 스포츠 분야에서 지갑을 여는 소비층에는 성별로 볼 때 여성이 더 많았다. 기사에서는 2016년에서 2017년 사이에 미국인들이 스포츠와 관련해 소비한 금액은 1080억 원에 달하며, 비율로 보면 약 52%를 경기 관람 등 스포츠 이벤트에, 약 31%를 스포츠 용품이나 옷을 사는 데 썼다. 나머지는 헬스장 회원권 등에 사용했다. 『포브스』는 "이러한 돈을 어디에 어떻게 사용할지 결정하는 주체가 대부분 여성"이라고 했다.

미국 개인 소비의 60% 이상을 여성이 결정하며, 스포츠에 관한 소비 역시 "아이들에게 어떤 운동화를 사줄지" 혹은 "어떤 짐에 얼마나 오래 등록할지" 등등을 거의 여성이 의사결정권을 갖고 있다는 것이다.

또한 2010년대 이후 '애슬레저 룩(운동복과 일상복의 경계를 허물고 평상시에 입을 수 있는 가벼운 스포츠웨어)'이 대유행하면서 스포츠 브랜드의 마케팅에서 여성 고객은 대단히 중요한 위치로 바뀌었다.

미국 언론 보도에 따르면, 2014년에서 2016년까지 애슬레저 룩 시장 규모는 7배 이상 커졌다. 여성들 사이에서 요가팬츠가 일상복이 되었고, 패션 피플로 주목받는 셀럽들도 애슬레저 룩을 입고 파파라치 샷에 등장했다. 여기에 신소재 섬유가 늘어나면서 점점 더 편안한 옷을 찾는 수요가 늘고 있다.

사회적인 분위기와 더불어 '여성이 소비를 결정한다'는 업체들의 자각이 생겼고, 여기에 여자들에게 잘 팔리는 새로운 제품 라인까지 등장하면서 스포츠 마케팅의 지도 자체가 변화한 것이다.

여기서, 미니 인터뷰.

스포츠 브랜드의 마케팅 대상이 최근 10여 년 동안 어떻게 남성 위주에서 여성 위주로 변해왔는지, 여성 소비자들에 대한 해당 업체들의 의견은 어떤지, 업체의 관계자를 통해 직접 이야기를 들어봤다.

인터뷰를 해준 사람은 글로벌 브랜드 ㄱ사의 홍보담당자다. 편의상 'ㄴ이사'로 이름을 적었다.

ㄴ이사의 설명에 따르면, 가장 현실적이고 직접적으로 느끼는 홍보 활동의 변화는 '만나는 기자들이 스포츠 담당 기자에서 패션 담당 기자로 완전히 바뀌었다'는 부분이다. 2000년대 초반만 해도 매우 고전적이고 전통적인 이미지의 스포츠 브랜드 이미지를 홍보하는 데 주력했다면, 2010년이 지나면서 홍보의 타깃이 완전히 패션 라인, 그리고 여성층으로 바뀌었다는 것이다.

이은경: 홍보 포커스가 남성 쪽에서 여성 쪽으로 바뀌고 있다는 걸 피부로 체감하신다고 했는데, 돌아보면 어떻게 변해온 건가요?

ㄴ이사: 2000년대 초반만 해도 스포츠 브랜드의 홍보가 스포츠기자를 대상으로 집중됐어요. 종목별 후원이나 스포츠 스타 개별 후원도 많았고요. 그런데 요즘은 종목별 후원이 없어지고, 스포츠기자들을 보는 일도 거의 없어졌죠. 주로 패션 담당 기자들을 만나요. 홍보 자체가 패션이나 기업 홍보, 유통 쪽 위주로 바뀌었어요. 홍보의 타깃이 남성에서 여성 위주로 바뀌었다고 볼 수 있죠.

이은경: 그렇게 바뀌기 시작한 게 언제쯤부터인가요?

ㄴ이사: 정확한 연도를 대기는 어려운데, 4~5년 정도 된 것 같아요. 2014, 2015년 이즈음부터 애슬레저 룩이 유행하고 브랜드별로 여성을 내세운 캠페인이 많이 나왔죠.

이은경: 구체적으로 여성을 내세운 캠페인이라는 게 어떤 거죠?

ㄴ이사: 그전에는 여자들이 운동을 하는 광고 화보를 찍어도 풀메이크업을 한 마르고 예쁜 모델들 데리고 찍었다면 이 시기를 기점으로 분위기가 바뀌었어요. 진짜로 근육도 있고, 땀도 흘리는 모습에, 여자들이 복싱을 한다거나 하는 이미지가 등장했죠. 또 그전에는 내세우는 제품도 남자들이 신는 축구화나 농구화 위주였는데 브랜드별로 여성 라인이 새로 출시되기 시작했어요. 요가복이나 예쁜 디자인의 트레이닝복도 나오고요.

이은경: 그런 분위기로 바뀐 원인은 뭐였을까요?

ㄴ이사: 정확한 건 아니지만, 업계에서 우리끼리 하는 이야기로는 주5일이 정착되면서 여가 시간이 많아진 게 결정적이지 않았나 해요. 또 비혼주의가 대세가 되고, 결혼율이 급격히 떨어지면서 젊은 사람들은 각자 내 인생을 즐긴다는 생각이 많아졌어요. 나이가 있는 세대 역시 100세 시대다, 하면서 건강에 신경 많이 쓰고 있잖아요. 운동하는 인구가 늘어난 게 복합적으로 작용했던 것 같아요.

이은경: 여성을 내세운 캠페인 중 특히 강렬했던 게 있었나요?

ㄴ이사: 특별히 한 브랜드가 기억난다기보다도, 2010년대 이후로 마치 약속이나 한 것처럼 글로벌 브랜드들이 다들 여성 캠페인을 시작했어요. 강한 여자 느낌? 그런 식으로요. 근육 있는 여자의 몸이 아름답다, 그런 걸 내세운 캠페인들이 쏟아져 나오고요. 누가 누굴 따라한 것도 아니고 글로벌 본사에서 내려온 캠페인이었으니까 당시 전세계적으로 분위기가 그랬다고 봐야겠죠.

이은경: 그렇게 여성을 내세운 캠페인은 아직도 스포츠 브랜드에서 유효한가요? 아니면 최근에는 분위기가 또 바뀌었나요?

ㄴ이사: 여전히 유효한 것 같아요. 다만 그런 건 좀 있어요. 초반에 여성 캠페인을 할 때는 좀 더 강한 느낌이었다면 지금은 아주 강한 여성과 코스모스처럼 여리여리한 여성상의 중간치 정도? 필라테스나 요가, 트레이닝 위주로 매출이 나오면서 강함과 여성성을 동시에 보여주는 운동이나 이미지가 대세가 된 것 같아요.

이은경: 최근에는 인스타그램 같은 SNS 홍보도 굉장히 중요해졌죠? 그런 부분도 여성 소비자를 타깃으로하는 건가요?

ㄴ이사: SNS 입소문, 인스타그램 입소문은 확실히 여성 소비자 쪽이 효과가 빠르고 좋죠. 그런데 재미있는 게, 초반에 인스타그램 홍보를 시작할 때만 해도 운동하는 트레이너 위주로 갔어요. 저희가 '우리는 그래도 스포츠 브랜드다'라는 게 있어서 그냥 배우나 가수가 아니라 진짜 운동하는 연예인, 그리

고 웬만하면 연예인보다도 진짜로 운동하는 트레이너나 선수 위주로 했거든요. 그런데 소비자한테 먹히는 건 결국 진짜 운동을 하는 진정성보다도 예쁘고 멋있게 보이는 모델이나 셀럽 쪽이 효과적이더라고요. 결과적으로 인스타그램 마케팅은 패션 위주로 갈 수밖에 없어요.

이은경: 실제로 홍보가 매출을 통계적으로 분석하는 파트는 아니지만요, 체감상 느끼기에 남자와 여자 중 스포츠 브랜드에서 더 많이 구매하고 영향력이 있는 쪽은 어느 쪽인가요?

ㄴ이사: 물론 명확하게는 저도 잘 몰라요. 그런데 그런 이야기는 많이 해요. 남자 제품을 사는 것도 실제 구매자는 여자인 경우가 많다는 거죠. 아이들 물건은 주로 엄마가 사고, 결혼한 남자의 경우에 그 남자 물건은 대부분 아내가 사요. 카드로 결제를 하는 주체는 대부분 여자라는 거죠. 실제로 사는 사람은 여자인데, 그동안 스포츠 브랜드가 여자는 운동을 별로 하지 않는다면서 홀대한 측면이 있다고 봐요. 그리고 스포츠 브랜드에서 가장 매출이 많이 나오는 분야가 트레이닝과 러닝이에요. 스포츠 브랜드들이 다같이 '뛰어야 한다' '달리자' 이러면서 분위기를 잡은 것도 러닝 인구를 늘려야 매출이 더 늘어난다는 공통의 목표의식이 있었기 때문이에요. 여성들에 대한 것도 어찌 보면 비슷하죠. '여성들이여 운동하라' '여자가 운동을 해야 아름답다'라고 이미지를 만드는 것도 여자들이 더 구매력이 있고 시장 파이를 키워줄 수 있는 주체라고 판단한 측면이 있어요.

이은경: 실제로 브랜드 매출을 상당 부분 책임지는 쪽이 러닝과 트레이닝이고, 그 분야에서 여성 고객은 굉장히 중요하다는 거네요.

ㄴ이사: 네. 저희 브랜드는 요가 라인이 따로 없어요. 요가나 필라테스를 할 때 입을 만한 옷이 트레이닝 쪽 제품인데요. 요즘은 여성 소비자들이 너무 운동복 같지 않으면서도 편하고 예쁘게 일상복으로 입을 만한 제품을 많이 찾으세요. 축구나 농구, 테니스, 이런 쪽보다도 러닝이나 트레이닝이 제품 수도 제일 많고 매출 비중도 확실히 높아요.

스포츠 마케팅의 '여성 우대', 그 진짜 뜻은

2014년 한 국내 스포츠 브랜드가 여성혐오 광고를 내보냈다가 논란을 불러온 적이 있다. 이 브랜드는 자사가 기획한 청소년 오지탐사대 모집 광고에서 지면용 카피를 'ㅋㅋㅋ 전공책 한 권도 무겁다고 오빠 부르던 네가 오겠다고?'라고 썼다.

광고 카피만 봐서는 여자들의 지원을 독려하는 것인지 비웃는 것인지 알기 어려울 정도다. 전국민적으로 논란이 된 사건은 아니었지만, 적어도 스포츠 브랜드에 관심을 갖고 있던 여성 소비자들을 화나게 하기에는 충분했다. 해당 브랜드는 그해 브랜드가치 평가에서 100위 밖으로 밀려나는 수모를 겪었다.

스포츠 용품 회사들이 여자들을 진심으로 존경하고 존

중하기 때문에 여성 캠페인을 시작한 건 아니다. 글로벌 스포츠 브랜드에서 복싱을 하거나 축구를 하는 강한 여성의 이미지를 내세운다고 해서, '너라는 위대함을 믿어'라며 페미니즘을 전면에 내세운 광고 캠페인을 한다고 해서 여성들의 입장을 대변하겠다고 하는 것도 당연히 아니다. 단지 여자들이 소비에 영향력이 크고 또한 여성 용품 시장, 그리고 여성 대상의 스포츠 패션 시장이 현재 점점 매출이 늘어나고 있기 때문이다.

단적인 예로 최근 골프 용품 시장 트렌드를 들 수 있다. 2016년 나이키는 골프와 관련해 용품 생산을 전격 중단하기로 했다. 클럽이나 공 같은 전문 용품은 더 이상 만들지 않는 대신 골프 패션은 그대로 유지하겠다고 선언했다. 사람들이 더 이상 비싼 클럽에는 돈을 쓰지 않지만 일상복으로도 입을 수 있는 골프복을 구입하는 데는 거리낌이 없다는 점을 파악했기 때문이다.

스포츠 브랜드의 가장 큰 목표는 매출이다. 브랜드들이 앞다투어 운동하는 여성을 찬양하고 있는데, 이것 역시 매출을 올리기 위해서라는 게 첫째 이유다. 그동안 브랜드들이 여성 소비자를 과소평가했던 부분도 있고, 이미 남성 대상 스포츠 용품이 매출 포화상태인 반면 여성은 없던 매출을 만들어 낼 수 있는 블루 오션이다. 그렇기에 여성의 다이내믹함, 활동성, 스포츠에 대한 적극적인 참여를 '아름답다'고 찬양하고 나선 것이다.

여자들이 최근 불어닥친 스포츠 브랜드의 여성 위주 마

케팅에 마냥 반색할 이유는 없다. 다만 엘리트 스포츠계에서 여자 선수들이 용감하게 스포츠 브랜드와 남성 위주로 흘러가는 스포츠계에 이의를 제기하고 목소리를 내기 시작했다는 점에 더 주목할 필요가 있다.

먼저 기록에 관한 부분. 지난 2018-2019 시즌 잉글랜드 프로축구 프리미어 리그에서는 맨체스터 시티가 '도메스틱 트레블(Domestic Treble, 잉글랜드 대회 3관왕)'을 달성했다. 리그, 리그컵, 그리고 FA컵까지 우승한 것이다.

맨체스터 시티가 기록을 달성한 후 한 기자가 펩 과르디올라 감독에게 "최초로 도메스틱 트레블을 달성한 기분이 어떠냐"고 물었다. 그러자 과르디올라 감독은 "우리 기록은 남자 축구에서 최초다. 여자 축구에서는 이미 나온 적이 있다"고 정정해줬다. 이미 맨체스터 시티의 기록이 나오기 10년도 더 전인 2006-2007 시즌 아스널 레이디스가 도메스틱 트레블을 달성했는데, 미디어조차 이 부분에 대해 짚어주지 않은 것이다.

잉글랜드 축구협회에서 여자 축구 임원을 맡고 있는 켈리 시먼스는 "그동안 여자 축구가 세운 기록은 마치 에어브러시로 지워지듯 무시당해왔다. 없는 취급을 받았다"며 "펩의 발언은 흥미로운 도전이었다"고 논평했다.

여자 선수들에 대한 스포츠 브랜드의 차별적인 후원에 반발하는 선수도 나왔다. 미국의 올림픽 육상 금메달리스트 출신인 엘리슨 펠릭스는 자신이 전속계약을 했던 나이키가 임신 소식과 함께 후원을 끊어버렸다며 불이익을 당했다고 주장해

파문을 일으켰다.

글로벌 스포츠 브랜드, 매니지먼트사들이 어린 유망주를 발굴해서 훈련시킬 때 남녀 선수의 신체적인 차이를 감안하지 않은 채 남자 선수 기준에 맞춘 훈련 시스템을 적용해 어린 여자 선수의 몸을 망치고 있다는 진지한 주장도 나왔다.

2019년 12월 『뉴욕타임스』는 23세 육상 선수 메리 케인의 폭로 인터뷰를 통해 코치의 강압적인 훈련, 마른 몸매에 대한 강요, 그리고 남자 선수의 몸에만 맞춰져 있어 여자 선수에게는 맞지 않는 혹독한 훈련의 부작용에 대해 세상에 알렸다.

케인은 인터뷰에서 남자 선수에 맞춰진 훈련 프로그램을 어린 여자 선수들이 무리하게 따라할 경우 생리가 끊기는 등 심각한 부작용이 나타난다고 폭로했다. 그동안 여자 선수들은 자신의 몸이 망가지는데도 '내가 부족해서 훌륭한 훈련 프로그램을 따라가지 못하고 있다'고 오히려 자책하는 경우가 대부분이었다.

한편 미국 여자 축구 대표팀은 2019년 여자 월드컵에서 우승한 후 "남자 대표팀과 동일한 처우를 해달라"고 공개적으로 요구하고 있다. 미국의 경우 여자 축구 대표팀이 남자보다 더 좋은 성적을 내고 있다. 2019년 여자 월드컵 결승전(미국-네덜란드)의 미국 내 시청률은 2018년 남자 월드컵 시청률보다 더 높았다. 미국축구협회 자체 보고서에 따르면 2015년 이후 3년간 여자 대표팀이 남자 대표팀보다 수익을 더 많이 올렸다.

그런데도 남성 스포츠팬의 대부분은 이들의 주장이 터무

니없다고 깔아뭉갠다. 여자 선수들의 신체 능력, 기록적인 성취가 남자 선수에 비해 부족하기 때문에 여성 스포츠가 남성 스포츠보다 돈을 덜 받고 더 낮은 레벨 취급을 받는 게 당연하다고 주장하는 게 여전히 주류 스포츠팬의 의견이다.

그러나 남성 스포츠와 여성 스포츠의 우열을 가리는 것은 선수 입장에서나 관중 입장에서나 무의미하다. 예를 들어 미국 대학농구가 NBA보다 기량이 압도적으로 뛰어나다고 말할 수는 없다. 그러나 대학농구는 나름대로 엄청난 팬층을 확보하고 있다. 과연 스포츠의 인기가 해당 선수들의 신체 능력이나 기술 난이도로 정한 획일적인 순위를 그대로 따라가는 것일까? 여성 스포츠 역시 그 나름의 개성과 매력을 즐기면 될 일이다.

편견을 걷어내면, 충분히 여성 스포츠만의 매력과 경쟁력을 갖출 수 있다. 이미 여성 스포츠가 남성 스포츠의 인기를 넘어서는 현상이 한국에서도 나오고 있다. 2018-2019 시즌 프로배구에서는 여자 배구 평균관중(2517명)이 남자 배구(2440명)를 넘어섰다. 2005년 프로배구가 출범한 이후 처음 있는 일이다. 그러나 이런 결과가 나온 바로 다음 시즌인 2019-2020 시즌 기준으로 여자 선수 연봉 1위인 양효진(현대건설)과 박정아(도로공사)는 연봉이 3억5천만 원으로 남자 선수 1위인 한선수(대한항공, 6억5천만 원)의 절반 수준에 그쳤다.

시장이 본격적으로 변하려면 여자 선수들이 남자 선수들의 인기를 넘어섰을 때, 그리고 그 현상이 최소 10년 이상 지속돼야 가능할 듯하다. 그 예가 프로골프다. 한국 여자 프로골프는 1970년대 협회도 없이 남자 프로골프에서 '여자부'로 셋방살이처럼 대회를 시작했다. 그러나 1998년 박세리가 LPGA에서 성공을 거두며 여자 골프의 인기가 급성장했고, 2006년부터 KLPGA 투어에 은행 등의 대형 스폰서가 대회를 개최하기 시작했다. 그리고 2010년 KLPGA 투어가 남자 투어의 총 대회 수를 넘어섰고, 시즌 총상금 규모에서는 여자가 남자보다 66%나 더 많을 정도로 몸집을 불리며 남자 투어를 완전히 제압했다. 이 추세는 지금까지도 이어지고 있다. 여자 골프가 남자 골프의 인기를 훌쩍 뛰어넘은 한국 프로골프 시장은 전세계적으로도 대단히 희귀한 케이스로 꼽힌다. (그러나 재미있는 건, 남자 세미프로 중 많은 사람들이 '내가 세계랭킹 1위 여자 선수도 이길 수 있다'고 자신한다는 점이다.)

시장은 '구매력'에 반응한다. 스포츠 브랜드는 여자들이 많이 산다고 판단하는 순간 여성 마케팅에 들어가고, 엘리트 스포츠 역시 (속으로는 '그래도 남자가 해야 진짜 스포츠지'라고 생각할지라도) 여자 대회에 사람이 몰리면 그쪽으로 돈이 몰리게 마련이다. 그리고 그렇게 스포츠판에 실제로 변화가 일어났다.

하지만 시장이 알아준다고 해서 진짜로 여성의 스포츠를 알아주고 존중해주는 것은 아닐 수 있다. 스포츠 브랜드는 여성의 강인함을 찬양하면서도 뒤로는 후원하는 여자 선수들을 외모 위주로만 판단하고 엘리트 여자 선수의 임신과 출산에 대해 '버려야 할 선수'로 단숨에 구분해버리는 일을 아직도 하고 있다.

여전히 스포츠에는 남녀 차별이 존재한다. 그러나 과연 스포츠가 어느 방향으로 진행해가고 있는가는 분명하다. '스포츠라는 땅에는 남성들이 깃발을 꽂아놓았고, 그곳은 이미 그들의 땅이므로 여성들은 발을 디딜 수조차 없다.' 이런 식의 편견은 이제 깨부술 시기가 지나도 한참 지났다. 여자 선수의 움직임 자체가 추하다고 생각했던 100년 전에서 현재까지 변화된 흐름을 보면, 지금까지의 변화 속도보다 훨씬 빠르게 현재의 차별과 편견 역시 변해갈 것이 틀림없다.

여자에게는
왜 운동이 어려울까

운동은 즐겁지 않다

매일 일상이 너무 똑같아서 지루하지 않나요?

지루하죠. 뭐랄까. 삶에 흥미가 없어요. 낙이 없어.(웃음) 계속 똑같은 일이 무한반복이니까요.

— 김연아, 2009년 3월 세계선수권 첫 우승 직후 한국 기자들과의 인터뷰에서

운동에 관해 안 좋은 기억이 여럿 있지만 그중에서도 꽤나 충격적이었던 장면이 머릿속에 남아 있다.

때는 2007년 12월이었고, 대한체육회에서는 연례행사처럼 연말에 미디어를 대상으로 태릉선수촌의 새벽 훈련 참관을 허락했다(지금은 대부분의 국가대표 선수들이 진천선수촌으로 훈련지를 옮겼는데, 그래서인지 요즘은 잘 안 하는 것 같다).

일종의 미디어데이였다. 신문이나 방송에서 '새해를 여는 국가대표 선수들의 구슬땀' 유의 그림을 담아가라고 하루 날을 잡아 훈련을 개방하는 것이다. 흔히 뉴스 화면에서 보는 레슬링 대표 선수들이 줄 타는 장면, 이를 악물고 바벨을 드는 장면 같은 걸 이날 찍는다. 특히나 올림픽이나 아시안게임이 있는 해에는 선수들의 훈련 강도가 더 세다. 그때도 그랬다.

나는 별생각 없이 해도 뜨지 않은 새벽에 두툼한 옷으로 중무장을 하고 태릉선수촌에 갔다. 새벽 6시쯤이었을 거다. 운동장에서는 유도 대표팀 선수들이 오전 체력훈련을 하고 있었다. 사실 그때까지도 기사 쓸 때마다 별로 공감하는 부분도 없이 습관처럼 썼다. '입에서 단내 나는 훈련' 이라든가 '살을 에는 강추위 속 맹훈련'이라든가 하는, 클리셰 같은 표현들 말이다. 그러나 그날 나는 내 눈으로 직접 보고야 말았다.

선수들은 처음에 운동장을 뛰다가 2인 1조를 이뤄 각종 체력훈련을 이어갔다. 한 선수가 다른 선수의 발을 잡으면 손으로 땅을 짚으며 앞으로 나아간다거나, 이리저리 구르고, 기본 체력훈련 동작을 두 시간 정도 계속했다. 서서히 동이 터오더니 나중에는 해가 떴는데, 선수들은 정말 끙끙거리는 소리를 내며 말 그대로 운동장을 벅벅 기어다녔다.

시간이 갈수록 선수들의 온몸에서 무슨 사우나라도 하듯 증기가 피어올랐다. 영하 10도 가까운 강추위였지만 머리카락은 땀에 흠뻑 젖어 있었다. 동이 트기 전 뿌옇게 보이는 운동장은 여러 명의 선수들 몸에서 일제히 피어오른 연기로 가득했다. 이곳이 현실인지 꿈의 세계인지 모를 정도로 비현실적이었다. 선수들은 중간중간 대형 보온병에 담겨 있는 물을 마셨는데, 병 안에 뭐가 있나 들여다보고 놀랐다. 귀가 떨어져 나갈 듯한 추위임에도 그 안에는 주먹만 한 얼음 덩어리들이 있었다.

선수들은 훈련을 마치고 식당에서 아침밥을 먹었는데, 식당의 그 진수성찬 같은 뷔페식을 놓고도 대부분의 젊은 선수들은 넋이 빠진 듯 잘 먹지를 못했다. 체력 훈련을 심하게 한 날은 밥이 잘 안 먹힌다고 했다. 게다가 사실 이날은 기자들이 있어서 그나마 약하게 한 것이고, 일부 선수들이 훈련 중 토하는 경우도 다반사란다. 나는 순간적으로 선수들이 너무나 안쓰러워서 할 말을 잃었다. 올림픽 메달을 따면 펑펑 울면서 "너무 힘들게 훈련했던 순간이 스쳐 지나간다"고 하던 그들의 말이 그제야 아주 조금 이해가 갔다.

운동은 일단 몸으로 하는 것이다. 운동에서 뛰어난 기량을 발휘하기 위해서는 어마어마한 고통이 수반되어야 한다. 세계 최고가 되겠다는 운동선수의 생고생은 말해 뭐 하겠나. 아마추어 골퍼치고 기가 막히게 아름다운 스윙을 갖고 있거나 귀신 같은 퍼팅 실력이 있다면 그 사람은 남모르게 고통스러운 연습을 거쳤음이 분명하다. 동네 조기축구회 에이스도 마찬가지다.

운동에 재능이 있는 사람이라면 운동이 처음부터 재미있다고 할 수도 있다. 그러나 그런 사람이라 할지라도 어느 수준 이상의 기량을 갖기 위해서는 다소 고통스러운 훈련을 해야만 한다. 하다못해 운동으로 살을 많이 뺀 사람들도 고통스러운 정체기를 견뎌낸 이들이다.

운동은 잘하는 것만으로 짜릿한 재미를 주지만, 더 잘하기 위해서는 힘든 연습을 거쳐야만 한다는 두 얼굴을 갖고 있다. 세계 최고의 선수들은 그런 고통마저 목표 의식을 갖고 견뎌낸다.

그러나 나 같은 운동 능력 평균 이하인 사람은 좀 이야기가 다르다. 일단 운동을 시작할 때부터 못해서 재미가 없는 데다 노력으로 그걸 극복할 재간도 없다. "에라이, 이 따위 운동 재미도 없고." 마음속으로 수도 없이 외쳤던 말이다. 그렇게 중도포기, 아니 초기포기했던 수많은 운동들이여.

운동을 '즐긴다'는 말

한번은 골프 선수 박인비가 기자들 앞에서 이런 말을 한 적이 있다. 한참 어린 후배 골퍼들이 인터뷰 때마다 "성적에 연연하지 않고 즐긴다는 마음으로 하겠습니다"라고 하는데, 과연 그 말의 진정한 뜻을 아는지 궁금하다는 것이다.

"저 친구들이 과연 '즐긴다'는 말의 뜻을 얼마나 제대로 이해하고 있는지 모르겠어요."

그 역시 '골프를 즐긴다'는 말의 참뜻을 조금은 알게 된 지 오래되지 않았다고 했다. 그가 '즐긴다'는 말은 마냥 즐겁고 마음 편하게 운동을 한다는 뜻이 아니었다. '집착, 내 마음을 괴롭게 만드는 우승에 대한 집착에서 벗어나서 정신적으로 평정심을 잃지 않는 상태에서 플레이를 한다'는 뜻으로 들렸다.

팬들은 박인비가 2014년 무서운 기세로 메이저 대회 우승컵을 쓸어 담고 세계랭킹 1위에 올라섰을 때부터 그의 커리어를 기억한다. '언제 박인비가 골프를 못한 적이 있어?' 이게 보통 사람들의 생각일 것이다. 그러나 박인비는 "한때 골프를 포기할까 싶을 정도로 바닥을 헤맸다"고 말한다. 2008년 US여자오픈 우승 뒤 기대 이하의 성적이 이어졌을 때 이야기다. 그렇게 힘든 시기를 보낸 후에야 박인비의 기량이 만개했다. 바닥에 떨어졌다는 느낌으로 마음을 비웠던 순간, 그제야 성적이 나오면서 '즐긴다'는 말의 뜻도 조금씩 이해가 갔다는 것이다.

스피드 스케이팅에서 올림픽 2연패를 달성했던 이상화도 비슷하다. 그는 고등학생일 때 2006년 토리노 올림픽에 처음 나갔고, 2018년 평창까지 연속 네 차례 출전했다.

그의 입에서 당당하게 "즐기겠다"는 말이 나온 건 올림픽을 세 번이나 경험해본 후인 평창 올림픽 직전이다. 이미 2010년 밴쿠버와 2014년 소치 올림픽에서 연속으로 금메달을 따냈고, 여자 500m에서 세계신기록까지 세운 다음이었다.

> 즐긴다는 말은 진짜 아무나 할 수 없는 말인데요. 진짜 프로는 즐기면서 하는 게 답이에요. 실력이 정상이라고 해도 즐기면서 할 수는 없어요. 그런데 즐겨야만 기량이 더 올라가요. 스스로 하고, 스스로 즐겨야 최고가 되는 거죠. 저도 그래요. 최근까지도 스케이트를 타면서 한 번도 즐긴 적 없어요. 지금 즐기고 있죠.

그러니까 세 번이나 올림픽을 나갔어도 그동안 한 번도 즐긴 적이 없다니. 이상화의 말인즉, 금메달이나 신기록 같은 가장 어렵고 힘든 과제를 돌파하고 나서야 비로소 내뱉을 수 있는 말이 '즐긴다'라는 것이다.

그런데 비장하게 밤샘 응원을 준비하며 간절하게 축구

대표팀의 승리를 기원하는 팬들 입장에서는 월드컵에 나간 대표 선수가 생글생글 웃으면서 "게임을 즐기겠다"고 하면 울컥 화를 내는 사람들도 있다. '즐긴다'는 말을 '운동을 잘하기 위한 고통은 피하겠다'는 뜻으로 이해하기 때문이다.

실제로 축구나 야구 같은 단체 구기종목을 하는 동호회에서는 '즐기자' 파와 '이기자' 파가 충돌하는 경우가 종종 있다. '즐기자' 파는 어차피 즐기려고 가입한 건데 운동만큼 뒤풀이나 인간관계가 더 중요하다고 한다. '이기자' 파는 그래도 운동은 이기기 위해서 하는 것이고, 승리를 위해 가능한 수준까지는 최대한 노력해야 한다는 쪽이다.

한국체육학회지에 이것과 비슷한 동호회 내의 갈등에 대해 소개한 논문이 실린 적이 있다. 2017년 11월 56호의 「생활체육 농구동호회 구성원의 갈등과 협상된 정체성의 형성」(김한범, 구창모)이라는 글이다.

먼저 '즐기자' 파의 구술.

> 연습을 하고 경기를 하는 이유는 다른 이유 없어요. 그냥 재미있기 때문에 하는 것이죠. 생각해보세요. 재미없다면 동호회 활동을 하면서 재미가 없다면 누가 동호회 활동을 하려고 하겠어요?

반대로 '이기자' 파는 이렇게 말한다.

경기에 나가면 이겨야죠. 이기는 것이 목적인데… 스포츠는 경쟁이잖아요. 그리고 저는 경기에서 이겼을 때, 그리고 대회에서 우승했을 때가 동호회 활동 참가하면서 가장 좋아요.

이 경우 '즐기자' 파는 지는 한이 있더라도 참가자들에게 고루 참가 기회를 줘야 한다고 주장하고, '이기자' 파는 객관적인 기량이 좋은 사람들이 주전으로 나가야 한다고 강조한다. 실제 동호인 팀에서 충분히 있을 법한 논쟁이다.

문제는 '재미를 추구하며 즐기자'와 '고통스러움을 극복하고 이기자'는 것이 계란 흰자, 노른자처럼 완벽하게 분리되는 별개의 개념이 아니라는 점이다. 운동이라는 것 자체가 자신의 신체를 단련하고 자신이 가진 기량의 레벨을 끌어올리는 과정이다. 운동신경을 타고난 어떤 꼬마가 있다면, 처음 스키장에서 슬로프를 미끄러져 내려갔을 때의 쾌감에 빠져 밥도 안 먹고 스키만 탈 수도 있다. 여기서 점점 난도 높은 코스를 정복하는 재미에 푹 빠질 수 있다. 좀 더 어려운 코스에서 넘어지고 구르면서 왜 안 될까 분해서 이를 악물고 화를 낼지도 모른다.

어떻게든 그 어려움을 이겨내기 위해 연구하고 연습하는 과정이 과연 재미일까 고통일까. 어떤 아이에게는 그 힘든 산을 넘어가는 과정조차 재미로 느껴질 수 있고, 어떤 아이에게는(내가 여기에 해당한다) 왜 이런 무모한 짓을 하는지 모르겠다는 느낌에 다시 초보자 코스로 돌아가 '즐기자'고 할지도 모른다.

앞에서 언급한 박인비와 이상화는 어땠을까. 이들은 당

연히 어릴 때부터 천재 소리를 들었고, 자신의 종목에 대한 재미에 빠져서 엄청난 훈련을 거듭했던 주인공들이다.

이들은 일반인들이 상상도 못 할 종류의 고통을 겪은 후에, 그러니까 '돌아와 거울 앞에 선' 후에야 다시 한번 즐거움에 대해 말했다. 박인비는 "굴곡을 겪은 후에야 즐긴다는 말의 진짜 의미를 알게 됐다"고 철학자 같은 말을 했다. 이상화 역시 "즐긴다는 말은 최고만 할 수 있고, 최고가 되려면 즐길 수 있어야만 가능하다"고 역시 선문답 같은 이야기를 풀어놓았다.

결국 운동은 재미를 찾아가는 과정이고, 사람마다 운동에서 재미를 느끼는 부분이 각양각색으로 다르다. 또한 분명한 건, 운동의 고통 안에도 반드시 즐거움과 희열이 함께 있다는 점이다. 그것은 월드 클래스의 스포츠 스타들이 하나같이 간증하듯 하는 말이다.

운동의 수준이 대표 선수급이 아니라고 해도 마찬가지다. 자신이 원하는 결과물이, 이상화 같은 선수는 올림픽 금메달이나 세계신기록이겠지만, 어떤 사람들에게는 '체중 감량'이나 '건강 회복'이 될 수도 있다. 또는 동호인 축구에서의 첫 골이거나 완성도 높은 요가 수련이 될 수도 있다. 그저 단순히 새벽에 운동하는 부지런한 루틴을 만드는 데 성공하는 것일 수도 있다. 이런 목표를 해냈다는 짜릿함이나 뿌듯함은 그 사람의 운동 수준에 관계없이 꽉 찬 느낌을 준다.

운동으로 얻을 수 있는 가장 큰 즐거움은 성취감이다. 크든 작든 자신이 생각했던 목표치를 해냈을 때의 짜릿함은 운동에서 얻을 수 있는 가장 큰 재미이자 중독이 될 정도로 한 번 더, 자꾸 느끼고 싶은 감정이다.

박인비나 이상화처럼 세계 최고의 선수들은 바로 그런 '성취'의 재미로 운동을 시작해서 점점 더 큰 성취감을 바라게 되었고, 나중에는 그것들을 웬만한 노력으로도 얻기 힘들어질 정도의 수준에 오르자 따라온 좌절과 고통까지도 온몸으로 겪었던 주인공이다.

그럼에도 불구하고 그들이 '비로소 나의 운동을 진정으로 즐기게 되었다'고 말한 것은 끝없는 좌절과 부담, 고통 속에서 또 다른 성과 혹은 깨달음을 얻어냈을 때 느낀 새로운 희열에 관한 것이다. 그들이 득도한 것처럼 보이는 것도 이러한 과정을 생각하면 당연한 결과다.

그래서 운동은 철학적이다. 아무 생각 없이 억지로 몸을 움직이면 기합이고 고문이지만, 내가 원하는 목표치나 미래를 생각하면서 현재의 이 고통이 미래에 어떤 결과를 가져다준다고 생각하면 그 속에서 즐거움을 발견하기도 한다. 비단 몸의 고통뿐만이 아니다. 엄청난 정신적인 압박감과 스트레스까지도 즐기는 경지가 있다.

마지막으로 골프의 전설 잭 니클러스의 말을 들어보자.

사람들은 물어요. 18번 홀에서 부담감은 어떤 느낌이냐고. 부담감일까요? 그걸 느끼려고 운동하는데요.

여자가 운동하는 목적

문제는 보통의 한국 여자들이 이러한 '운동의 즐거움'을 직접 느끼거나 고민해볼 만한 기회조차 얻지 못한다는 점이다.

그렇다면 우리 주변의 보통 여자들은 주로 어떤 운동을 하고 있을까. 운동을 하겠다고 마음을 먹으면 대개는 주변에서 쉽게 할 수 있거나 주변 사람들이 많이 하는 것들을 선택한다. 결국은 여자들이 접하고 실행하는 운동의 종류가 대동소이해지는 결과가 나온다.

표4. 주로 참여하는 체육활동 종목 (상위 10개)

	걷기	등산	보디빌딩 (헬스)	수영
남	23.5%	19.5%	19.4%	5.1%
여	40.9%	14.3%	9.6%	11.6%

	축구/풋살	요가/필라테스	자전거	배드민턴
남	13.5%	0.4%	8.5%	5.9%
여	0.3%	14.4%	3.0%	4.9%

	골프	당구/포켓볼
남	7.1%	8.4%
여	2.0%	0.3%

문화체육관광부, 국민생활체육참여실태조사, 2017

표4를 보면, 한국인이 주로 참여하는 체육활동의 경우 종목별 남녀 격차가 두드러지는 편이다.

먼저 여성은 절대다수인 40.9%가 걷기를 한다고 답했다. 걷기는 별다른 기술도, 장비도 필요 없고 때에 따라서는 함께 할 동료도 필요 없다. 현실적으로 여자들이 테크닉을 필요로 하는 운동이나 상대방과 몸을 직접 부딪치며 '익사이팅'한 재미를 얻는 팀스포츠에서는 상당히 소외되어 있다는 방증이다.

여성의 경우 축구, 풋살을 한다는 답변이 고작 0.3%에 불과했다. 당구, 포켓볼 참여 역시 0.3%다. 조사 결과만 보면 한국에서 축구나 당구는 명백한 '남자의 스포츠'다. 반면 요가, 필라테스는 여자들이 하는 스포츠다. 여성의 14.4%가 요가, 필라테스를 한다고 답변한 반면 남성은 0.4%만이 한다고 답했다. 축구 하는 여자도, 요가 하는 남자도 이질적인 현실. 굳이 스포츠에서 남녀 구분을 두고 특정 종목을 즐기는 심리적 제한선을 그어놓을 이유가 있을까.

남녀가 구분되는 운동 종목을 보면 주목할 만한 차이가 또 있다. '여자의 운동'은 대부분 혼자 하는 것들이다. 달리기, 수영, 요가, 필라테스는 단체로 강습을 받기도 하지만 결과적으로는 혼자 집중하는 운동이다. 등수를 가려 내 실력과 수준을 확인하기 위해 달리기, 수영 대회에 나가는 동호인도 있긴 하다. 그러나 팀을 이뤄 한 가지 목적을 이뤄가는 놀이의 개념은 거의 없다.

반면 '남자의 운동'은 게임의 성격이 강하다. 편을 나눠 승패를 가리는 축구와 농구, 또는 내기와 직결되곤 하는 당구. 모두 운동의 목적이 '승리'다. 특히 축구 같은 팀 스포츠는 골이나 승리의 짜릿함도 있지만, 팀을 만들어서 같이 플레이를 만들어가는 그 자체로도 재미가 있다.

여자들이 어릴 때부터 운동이 '재미없다'라고 느끼게 되는 결정적인 이유 중 하나가 바로 이것이 아닐까. 어린 시절 몸을 움직이면서 즐겼던 게임, 말타기, 고무줄 놀이 같은 건 말 그대로 어린아이들의 놀이다. 중학생만 되어도 더 이상 하지 않는다. 이때부터 여자들에게 운동이라고 권해지는 것들은 달리기나 피트니스 같은 '나 홀로' 스포츠다. 여자들은 2차 성징이 나타난 이후 '놀이'와 '운동'이 완전히 분리되어버린다.

반면 남자들은 어른이 되어서도 운동과 놀이는 떨어지지 않는다. 대학생들이 공부를 하다가도 '농구 한 게임 할까?' 하고 눈을 마주치면 한밤중의 야외 코트에서 땀을 흘리며 게임을 하고 개운한 기분을 만끽할 수가 있다.

다음은 한국여성체육학회 학술세미나에서 소개됐던 내용이다. 이 글을 읽는 순간 '아' 하고 저절로 탄식이 나왔다.

> 여성의 경우 운동 참가의 이유로 체중조절(23.7%), 건강증진(52.8%)을 답한 비율이 체육활동 참여 및 운동 그 자체에 대한 즐거움이라고 답한 비율보다 더 높아 성인 여성에게 운동 참가는 자신의 외모 및 건강을 위한 수단적 성격으로서

의 의미가 더 크게 작용하고 있음을 알 수 있다. 남성에게 운동이 그 자체가 목적이고 즐거움인 경우와는 분명히 다르다.

— 권민정, 「여학생 클럽 및 리그스포츠 활동 현황 및 발전방안」, 2012 한국여성체육학회 학술세미나 자료집

초등학교 고학년만 돼도 여자아이들의 운동은 서서히 다이어트와 연관되는 개념으로 자리를 잡는다. 사춘기 소녀들에게도 다이어트와 운동은 곧 스트레스로 이어진다. 우리는 대부분 운동의 즐거움을 직관적으로, 간단하게 찾아내지 못한다.

'재미없어서' 운동 안 하는 여학생들

운동하는 즐거움을 알지 못하면 점점 운동과 멀어진다. 학생 때 운동과 멀어지는 건 그야말로 결정적이다.

표5. 주3일 이상 고강도 신체활동 실천율

	2009년	2018년
남학생	43.3%	44.8%
여학생	18.4%	18.0%

보건복지부, 청소년 건강행태조사

표6. 여학생의 체육수업 기피 이유

소질, 취미가 없어서	34.2%
땀 흘리기 싫어서	30.3%
체육복, 선생님, 기구가 싫어서	23.8%
재미 없어서	11.7%

체육과학연구소, 여학생 체육활동 실태분석 및 활성화 방안, 2010

학교마다 여학생 전용 샤워실이나 탈의실을 늘리면 여학생들의 운동 참여가 늘어날까? 물론 도움은 줄 수 있겠지만 진짜 근본적인 문제는 그게 아니다. 스포츠 활동에 대한 재미와 자신감을 늘려주는 게 가장 중요하다.

2010년 조사 결과에 따르면 여학생들이 체육수업을 싫어하는 이유로 '소질, 취미가 없어서' '재미없어서'로 꼽은 비율을 합치면 절반에 가까운 45.9%다. 내가 운동을 잘 못하기 때문에 재미없다고 느끼고 그래서 위축되고 자신감이 떨어진다. 내 플레이에 자신감을 갖지 못한 채 '나만 폼이 엉망이다'라고 생각하고, 팀 스포츠를 즐기기보다는 '나 때문에 지면 어떡하지'라는 걱정을 하면서 더 움츠러들게 된다. 모두가 알고 있는 사실이지만, 잘하는 사람이라고 할지라도 자신감이 없고 위축되면 제대로 된 플레이를 할 수가 없다.

여자들에게 어릴 때부터 운동의 경험이 적다는 것은 그만큼 운동에서 이겨본 적도, 져본 적도 별로 없었다는 뜻이다. 특히나 편을 나눠서 승패를 가리는 단체 구기종목을 해본 경험이 매우 적다. 아예 안 해본 사람도 많다. 이길 때의 짜릿함, 졌을 때의 아쉬움을 직접 느낀 적이 거의 없다.

그리고 직접 경험하는 대신 이러한 승패의 경험을 대리 체험하게 된다. 다른 사람들(학교에서 남학생 또는 직장에서 남자 동료들)의 경기를 보면서, 프로 선수나 국가대표 선수들의 경기를 보면서 말이다. 그런데 한국 사회 분위기상 이러한 대리 체험 대상인 프로 경기, 국가대표 경기를 보는 사람 대다수가 승리지상주의에 길들여져 있다. 그러다보니 '패배는 아쉬운 것'을 넘어서 '패배는 나쁜 것'이라는 고정관념이 나도 모르는 새에 깊숙이 자리를 잡는다.

월드컵 축구에서 결정적인 골 찬스를 날린 공격수, 올림픽에서 결승까지 갔는데도 패배한 선수들은 일단 죄인이 된다. "왜 한국 선수들은 은메달을 따고도 웃지 않고 고개를 숙이느냐"는 어떤 외신 기자의 질문도 있었다는데, 그만큼 모든 경기를 다 이겨도 마지막 결승전에서 한 번 패하면 루저 취급을 받는다. 지나치게 성적만을 추구하는 엘리트 스포츠 위주 정책과 한국 사회 특유의 지나친 경쟁 구조 탓이다. 지는 것은 곧 나쁜 것이고, 운동의 목적은 이기기 위한 것이다. 따라서 최고가 아닌 사람은 운동할 가치도 떨어진다.

그리고 이런 고정관념이 결국 여성 개개인의 운동습관에도 굉장히 큰 영향을 미친다. 이기지 못하는 사람은 운동할 자격이 없다는 생각은 곧 '나는 운동을 못하기 때문에 할 자격이 없다'는 자기 비하를 내재하게 만든다. 또한 내가 잘 못하는 운동에 계속 도전하는 것에 대해 자부심을 느끼는 게 아니라 '나는 뭘 해도 잘 안 되는 루저'라는 자책까지 하게 만들 수 있다.

어쩌면 우리는 대학입시 때 등급을 나누듯 운동에 대해서도 그렇게 등급에 따라 대우를 받아야 한다고 생각하고 있었는지 모른다. 학교에서 공부 못하는 아이들이 죄인 취급을 받았듯 운동의 세계에서는 운동을 못하는 아이들이 놀림거리가 되는 게 당연하다고.

그러나 스포츠에서는 기량이 모자라 패배하는 것도 스포츠를 구성하는 중요한 일부분이다. 또한 패배하더라도 꾸준히 도전하는 그 자체로 승리 이상의 높은 가치를 인정받는다. 어릴 때부터 스포츠에 대해 잘못 이해하고 배워온 고정관념이 내 머릿속에 너무 깊이 박혀 있는 게 아닌가 생각해볼 필요가 있다. 바로 그 고정관념이 운동을 하려는 당신의 발목을 제대로 잡고 있는 것인지 모른다.

우리가 체육 시간을 통해 제대로 배우지 못한 것은 '운동을 잘하는 법'이 아니었다. '내 수준을 인식하고 거기에 맞춰서 할 수 있는 운동 방법'을 못 배운 것이었다.

그럼에도 여학생들의 스포츠 활동 증진을 위한 정책은 꾸준히 만들어져왔다. 지난 2000년 교육기본법 내 '남녀평등교육증진 관련 조항'이 신설됐고, 2012년 만들어진 학교체육진흥법 제6조 5항에는 각 학교별로 학교장이 여학생 체육활동 활성화에 대한 조치를 취하도록 규정화했다.

여학생들의 스포츠 동아리 활동에 대한 지원이 늘어나면

서 학교 분위기도 점차 변해가고 있다는 게 일선 교사들의 증언이다. 2018년 6월 한국스포츠교육학회가 발행한 『우리체육』에는 광주 운림중학교 고정길 선생님의 글이 실렸다. 여학생들이 학교 스포츠 클럽에 많이 참여할 수 있도록 적극적인 노력을 기울인 결과물에 대한 체험기 같은 글이다. 여학생들이 좋아하는 운동 종목을 골라서 적극적으로 배우게 하니 각종 긍정적인 결과가 나타났다.

심층면담을 실시한 중학교 3학년 여학생은 "체육활동을 싫어했어요. 체육을 하기 전 체육복으로 갈아입어야 되고 땀도 나도, 제일 싫은 것은 제가 못하기 때문에 재미가 없었어요. 그런데 이번 운림걸스(여학생 체육 활성화 학교 스포츠 클럽 축구반)활동을 하며 운동의 재미를 처음으로 느껴봤어요. 못해도 재밌구나 라는 것을 많이 느꼈어요"라고 말했다.

체육활동에 직접 참여해본 여학생들은 공통적으로 "체육을 잘해야만 운동이 재미있는 게 아니었다"고 말한다. 몸을 움직이는 재미 외에도 전술을 짜서 그걸 실전에서 제대로 발휘할 때 느끼는 지적인 짜릿함이 있었다. 또한 친구들과 몸을 움직여서 활동을 함께한다는 그 자체로 "학교에 빨리 가고 싶었다"고 할 만큼 재미를 느꼈다고 했다.

스포츠가 학업능력 향상에도 도움을 준다는 연구는 수없이 많다. 미국 일리노이 주 네이퍼빌 고등학교 학생들이 0교시 체육 수업을 하자 학업 성적과 정신건강이 모두 좋아졌다는 연구 결과가 있었다. 민족사관고등학교는 네이퍼빌 고등학교의 사례를 참고로 스포츠 프로그램을 짜기도 했다. 그러나 여학생들이 몸을 움직일 수 있게 직접적으로 영향을 주는 건 '성적 올라간다'는 호소가 아니라 '직접 겪어보니 엄청 재미있다'는 체험이다.

취재를 위해 만났던 캐나다 유학생 출신 이지윤 씨는 어릴 때부터 스포츠를 좋아했다. 초등학교 때 서울시 육상대회에 학교 대표로 나갈 정도로 체육에 소질이 있었다. 그는 중학교 2학년이던 2001년에 캐나다 토론토로 가서 그곳에서 중학교와 고등학교를 다녔다.

처음 갔을 때는 영어도 아직 서툴고 하니까 일단 몸으로 부딪혀보는 체육 시간이 제일 재미있었어요. 그래서 더 열심히 했죠. 운동신경이라면 자신도 있었으니까요. 한국에서도 남녀공학을 다녔지만 체육 시간에 하는 게 피구, 발야구 정도로 종목 선택의 폭이 좀 좁았다면, 캐나다에서는 축구, 농구부터 소프트볼이나 다양하게 개발된 실내 매트 운동도 하고 간혹 필드트립이라고 해서 윈드서핑이나 암벽등반도 갔어요.

보통의 공립학교에서 제공하는 체육 교육의 질이 이 정도였다. 이지윤 씨의 설명은 계속됐다.

지금 생각해보면 제일 좋았던 게, 남녀의 차이를 의식하거나 이성을 의식해서 신체활동을 소극적으로 하거나 그런 게 없었어요. 방과 후에는 별도로 축구 클럽에서 축구도 했고요. 축구는 대회도 자주 나갔어요. 여자가 왜 축구를 하냐고 말했던 사람은 하나도 없었어요. 자유롭고 신나게 체육 수업을 했던 게 좋은 기억으로 남아 있어요.

이지윤 씨는 이후 대학 전공도 스포츠 매니지먼트를 선택했고, IOC 본부가 있는 스위스 로잔에서 스포츠 마케팅 관련 석사 학위도 땄다. 또 2018년 평창 동계올림픽 때 루지 종목 매니저도 맡아서 일했다. 물론, 지금도 농구 동호회에서 아주 열심히 농구를 즐기고 있다.

타고난 운동신경과 스포츠에 대한 사랑이 있지만, 과연 캐나다에서 자유롭게 운동을 하지 못했더라면 거기까지 꿈을 크게 키우고 실현할 수 있었을까. 이 부분은 한국에서 여학생들이 스포츠에 관한 꿈을 키우기까지 그 선택의 폭이 좁다는 현실을 감안하면 충분히 던질 만한 질문이다.

대부분의 한국 여학생들에게는 엘리트 운동선수가 되는 것 아니면 스포츠 관련 직업을 선택하는 폭이 넓지 않다. 반면 캐나다의 여학생들은 취미로 즐기는 운동의 종목도 다양하며 대학에서도 스포츠 관련 학과가 훨씬 다양했다. 무엇보다도 어릴 때부터 운동을 생활습관처럼 익힌다는 게 가장 큰 차이점이다. 그것도 '여자 운동' '남자 운동' 같은 선입견 없이 말이다.

내 맘대로 즐겁게 하는 게 '운동'

다시 프로스포츠의 세계로 돌아가보자.

첫번째 주인공은 2018년 평창 동계올림픽 스키와 스노보드에서 동시에 금메달을 따낸 에스터 레데츠카(체코). 그는 여자 알파인스키 슈퍼대회전, 스노보드 평행대회전에서 우승했는데, 동계올림픽 사상 처음 있는 일이었다. 레데츠카는 어릴 때부터 스키와 스노보드를 모두 좋아했지만, 열 살이 넘어가면서부터 코치에게 둘 중 하나를 선택하라고 강요받았다. 이유는 "올림픽 같은 최고 레벨의 대회에서는 하나를 선택해서 집중해야만 우승이 가능하다"는 것이었다.

레데츠카는 그게 싫었다고 한다. "나는 스키와 스노보드에서 모두 잘할 것이라고 확신했다. 하지만 그보다 더 중요한 건 내가 사랑하는 모든 종목을 즐기고 기쁨을 찾는 것"이라고 했다. 레데츠카의 모토는 '내가 하고 싶은 걸 한다'였다.

레데츠카의 기적 같은 성공을 본 사람들은 여러 의견을 쏟아냈다. 『뉴욕타임스』는 "10대의 선수들이 여러 종목을 동시에 즐기는 건 부상이나 번아웃의 위험을 줄여준다는 여러 연구 결과가 있다"고 보도했다. 레데츠카는 최상의 퍼포먼스만을 위해 모든 걸 거는 현대 스포츠에 반전의 펀치를 날렸다. 운동의 제1목적이 즐기는 것이라 해도 세계 정상에 설 수 있다고. 그것도 다른 종목에서 동시에.

또 다른 주인공. 2018년 남자골프에서 돌풍을 일으킨, 당시 45세의 최호성 프로. 사람들이 최호성에 주목한 건 일단 스윙 폼이 너무 웃겼기 때문이다. 스윙을 하고 나서 한쪽 다리를 접었고 반대쪽 다리는 중심 잡기 쉽지 않으니 중심이 휘청하는 것처럼 보였다. 마치 플라잉 낚시를 하는 것 같다고 해서 붙은 이름이 '낚시꾼 스윙'이다. '프로골프 역사상 가장 말도 안 되는 스윙'이라는 해설이 붙었다.

최호성 프로가 폼이 괴상해서 성적이 엉망이었느냐 하면 그건 아니었다. 2018년 11월 일본프로골프투어JGTO 카시오 월드오픈에서 우승했고 2019년 11월 헤이와 PGM챔피언십에서 또 우승했다.

골프도, 야구도, 테니스도, 농구도, 그 어떤 종목이든 '교과서적인 폼'이라는 이상적인 동작은 존재한다. 그러나 내가 반드시 그 폼을 정확하게 구현해야 할 필요는 없다. 가장 중요한 건 내 몸의 생김새, 나의 체력에 맞춘 나만의 폼이다.

최호성은 고등학생 때 사고로 손가락 하나를 잃었다. 괴상한 움직임의 '낚시꾼 스윙'은 그래서 탄생했다. 20여 년 동안 자신에게 맞는 스윙을 연구하다가 찾아낸 것이다.

우리가 하는 운동도 마찬가지다. 사람들이 모두 동의하는 이상적인 몸매, 이상적인 운동 능력은 분명 존재한다. 그러나 내가 거기에 무조건 맞춰야 할 이유는 전혀 없다. 나에게 운동이 어려운 숙제 같았던 이유, 감히 넘보지 못할 엄청난 목표치 같았던 이유도 여기에 있지 않을까. 나는 스스로 나만의 스윙폼을 찾을 생각을 하지 못했다. 그러면서 내가 할 수 있는 스윙은 그저 볼품없고 가치 없는 것으로 폄하해버렸다. 운동은 대단한 것이고, 잘하지도 못하는 내가 감히 부끄러워서 논할 수 없는 게 스포츠였다. 지금 나가서 몸을 움직이고 거기에서 작은 즐거움을 느끼는 것만으로도 운동의 어떤 성취를 맛봤다고 충분히 말할 수 있는데 말이다.

지금 당장 우리가 해야 할 일은 운동에 대해 어떤 강박이나 부담을 버리는 일 아닐까. 어떤 이상향을 설정해놓고 자신의 몸과 실력을 거기에 억지로 끼워 맞추려고 하지 않는 것. 재미 삼아, 내 마음대로 하다보면 자연스럽게 성과를 얻을 수 있음을 믿는 것. 그런 편한 마음으로 우리, 밖에 나가서 가볍게 걸어보기라도 하면 어떨까.

2부 목소리

운동이 싫은
여자들

운동이 싫다.

나는 확신한다. 대부분의 사람들의 솔직한 속마음은 이쪽에 가까울 것이다. 운동은 힘이 들고 고통스러우며 재미있지 않다. 운동을 하는 동안에도 괴로울뿐더러 하고 난 후에 진짜로 온몸이 쑤시는 고통이 찾아오기도 한다.

이 말은 그냥 하는 게 아니다. 근거가 있다. 운동을 열심히 하고 즐기는 사람들을 찾는 것보다 운동이 싫다는 사람들을 찾아서 이야기를 듣는 게 훨씬 쉬웠다. 그냥 주변에 있는 여자들한테 물어보면 대부분 미간을 찌푸리며 운동이 싫다고 온몸으로 증언해줬다.

운동을 하겠다는 마음은 수만 번씩 먹지만, 막상 운동을 하려면 그게 쉽지 않다. 오늘은 날이 좋아서, 날이 좋지 않아서, 미세먼지가 많아서, 비가 와서, 생각해보니 할 일이 좀 많아서, 컨디션이 좋지 않을 때 운동하면 오히려 건강에 좋지 않을 것 같아서, 내일부터 제대로 하면 될 것 같아서. 그래서 우리는 운동을 하지 않는다.

나는 왜 운동을 하지 않는가. 일단 수많은 사람들이 말하는 이 공감백배 스토리를 먼저 들어봤다. 다만 이 사람들의 솔직한 이야기를 듣기 위해서는 익명을 보장해준다는 약속을 해야 했다. 그렇다. 모두가 그렇다는 걸 공감은 하지만, 내 이름 걸고 말하기는 왠지 부끄러운 게 운동을 안 하는 나의 사연이다.

키가 큰 편이에요. 초등학교 때는 양궁부랑 수영부에서 서로 오라고 난리였을 정도로 운동하라는 권유를 많이 받았어요. 초등학교 때 수영을 잠시 하다가 그만뒀는데, 그 이후로는 운동다운 운동을 해본 적이 거의 없는 것 같아요. 대학교 4학년 때 취직 준비를 하면서 단식원까지 가서 독하게 다이어트를 한 적이 있는데, 성공적으로 다이어트를 잘했어요. 이후로 지금까지 '살을 빼야겠다'고 마음만 먹으면 굶어서 원하는 체중을 맞출 수 있는 요령이나 자신감 같은 게 생겼어요. 두 아이 출산 후에도 모두 그런 식으로 다이어트에 성공했고요. 그래서 더더욱 운동을 하겠다는 생각을 안 한 것 같아요.

— 40대 초반 A씨

아이가 셋이에요. 정말로 시간이 없어요. 중학생과 초등학생인 아이들 아침에 준비시켜서 학교 보내고 나면 잠깐 밥 먹고 숨 돌리고 나서 청소나 빨래 같은 집안일을 하죠. 그러다보면 후딱 오후가 돼서 애들 집에 돌아오고, 숙제 봐주고 저녁 주고 하면 하루가 다 가요. 어릴 때는 육상부에서 잠깐 뛰었을 정도로 운동신경이 좋은 편이었는데… 운동을 못 하는 이유는 간단해요. 시간을 내기가 어렵고, 잠깐 짬이 나도 평소 내가 하는 일이 '노가다'에 가까우니 너무 지쳐서 일단 소파에 누워서 쉬고 싶지 운동을 할 에너지가 없어요.

남편은 다르죠. 지금 들어가 있는 야구 동호회만 세 개라니까요. 주말에 애들은 내가 오롯이 맡고 남편은 거길 번갈아가면서 나가는데 '누구는 운동할 줄 몰라서 안 나가나'라는 생각에 부아가 치밀 때가 많아요.

이웃 중에 운동을 좋아하는 언니가 있어요. 나한테 늘 운동하라고 잔소리예요. 그 언니는 테니스도 하고 수영도 하고 바쁜데, 종종 테니스 치러 나갈 때면 그 집 딸이 학교 끝나면 우리 집으로 가라고 해서 나한테 간식 좀 챙겨달라고 부탁할 때가 있거든요. 그럴 때마다 그런 생각이 들어요. '흥, 공 칠 시간이 있으면 자기 딸이나 좀 챙기지. 딸내미는 나한테 맡기면서 뭘 나더러 운동을 하라고 잔소리야.'

— 40대 중반 B씨

마른 편이에요. 학교 다닐 때부터 친구들이 다이어트 이야기 같은 걸 해도 그냥 웃으면서 넘겨 들었고 저체중이어서인지 '운동해서 살 빼야지' 같은 생각은 한 번도 해본 적이 없어요. 워낙 몸 움직이는 걸 싫어해서 취미도 그냥 책 보고 TV 드라마 보고 그런 거예요.

문제는 30대 지나면서 생겼는데, 무릎이 아파서 병원에 가봤더니 제가 무릎 연골의 반월판에 문제가 있어서 수술을 고려해야 할 정도로 상태가 안 좋다는 진단을 받았어요. 의사 선생님 이야기가, 평소에 운동을 해놓았으면 허벅지 근육 힘이 있어서 무릎 연골에 가는 하중이나 부담이 덜했을 거래요. 이제야 뒤늦게 재활 운동을 시작했는데, 정말 가장 기본적인 무릎 폈다 접었다 하는 정도의 운동만 하고도 무릎이 퉁퉁 부어

오른 거예요. 재활 트레이너가 이럴 리가 없다면서 놀랄 정도였어요. 결국 오전 수영에 등록해서 할머니들하고 같이 물속을 걸어다니는 재활을 시작했어요. 기본적인 수영 발차기 동작도 무릎 관절에 무리가 가서 못 한대요. 수영장 트레이너가 '왜 젊은 나이에 이런 운동을 하느냐'며 또 놀라더라고요. 그런데 그렇게라도 해서 기본 근육량을 만들어놓아야 그다음 단계의 일반적인 재활 트레이닝이 가능하다고 해요. 조금이라도 일찍 운동 좀 할걸, 근육 좀 만들어놓을걸 하는 후회를 뼈저리게 하는 중이에요.

— 30대 중반 C씨

남편이 운동을 좋아해요. 작년에 거의 반강제로 운동을 같이 다니자면서 크로스핏을 같이 등록했더라고요. 두어 번 나가고 그만뒀어요. 운동도 좋아하지 않는 데다 거기 가니까 몸이 울퉁불퉁한 여자들밖에 없는 거예요. 아니, 얼굴은 예쁘게 생겨 가지고 몸이 어쩜 그리 징그럽대요? 절대 그렇게 되고 싶지 않았어요.

— 30대 초반 D씨

저는 극단적인 방법으로 환불 불가능한 비싼 PT(퍼스널 트레이닝)를 끊었습니다. 그러자 운동을 갈 때마다 마음속으로 트레이너 선생님 욕을 하고 있더군요. 갈수록 욕하는 강도가 심해집니다. 이게 뭐 하는 짓인지 모르겠습니다. 운동을 하면 활력이 생긴다는데 나는 기운이 빠지네요.

— 20대 중반 E씨

정말로 운동을 해야겠다는 독한 마음을 먹고 동네 주민센터에서 운영하는 헬스를 끊었어요. 오전 10시부터 GX 프로그램이 있어서 그것부터 들어보려고 의욕을 막 올렸죠. 그런데 10시 좀 전부터 맨 앞줄에 자리를 잡고 강사가 오기를 기다리는데 웬 할머니가 오더니 '거기 내 자리야. 다른 데로 가. 앞줄은 자리가 다 정해져 있어' 이러는 거예요. 기가 막혀서… 차라리 싸울걸 그랬나. 저는 소심하게도 그다음 날부터는 민망해서 못 나가겠더라고요. 결국 헬스장은 첫날만 가고 못 나가게 됐어요.

— 30대 초반 F씨

이런 이야기를 하기가 좀 부끄럽습니다. 익명이니까 할게요. 운동하기로 마음먹고 아침마다 양재천을 걷기(뛰기도 아니고 걷기)로 했어요. 그런데 한 700미터 걸었나. 다시 돌아갈 길이 막막하더라고요. '너무 멀면 걸어서 못 갈 것 같은데?' 생각도 들고. 바로 돌아왔어요. 절대 멀리 못 갑니다. 이 얘기를 동네 아주머니한테 슬쩍 했더니 '애걔, 그만큼 걷는 게 무슨 운동이야?' 하고 비웃듯이 말하는 거 있죠. 그 뒤로 안 나가요.

— 40대 초반 G씨

운동을 싫어하지는 않아요. 고등학교 때까지는 체육 시간에 남자 애들이랑 배드민턴도 자주 치고 그랬어요. 그런데 성인이 되고, 회사에 다니기 시작하니까 시간이 영 안 나요. 운동을 해야겠다는 생각은 하는데, 막상 가려고 하면 게을러지는 거죠. 그리고 저는 일단 헬스나 요가처럼 혼자 하는 운동은 딱 싫어요. 여럿이 하는 게임이 좋은데, 막상 좋아하는 볼링이나 배드민턴 동호회를 들어가자니 낯선 사람들이랑 새로 사귀고 섞여서 운동하는 게 싫더라고요. 어른이 된 후에는 친구들과 섞여서 뭔가 게임이나 공놀이를 하는 게 거의 불가능하게 된 거 같아요. 제 주변 여자 친구들은 주로 필라테스나 폴댄스를 배우던데요. 가만히 보면 자기가 운동을 하려고 배우는 게 아니라 인스타그램에 올리려고 가는 것 같아요. 예쁘게 입고 폴댄스 하는 것 올리느라 정신없던데… 하여튼 인스타가 문제라니까요. 어른이 되고 나면 친구들과 어울려서 게임을 할 만한 게 골프밖에 없는 것 같아요. 그래서 골프를 배우려고 생각 중이에요.

— 20대 후반 H씨

운동을 싫어하지 않아요. 초등학교 때부터 남자아이들이랑 축구도 자주 하곤 했어요. 그런데 축구나 농구 같은 팀 운동은 잘 안 맞더라고요. 어릴 때 남자 친구들한테 '여자가 무슨 축구냐'고 면박을 받았던 기억도 안 좋게 남아 있고, 아무래도 단체 종목이 하다보면 경쟁심이 생기고 과열돼서 몸싸움이 생기잖아요. 그게 너무 힘들더라고요. 대학 때 학교에 있는 수영장에서 수영을 2년 정도 했는데 그때 정말 좋았어요. 그런데 졸업하고 서울에서 취직하고 자취하기 시작하면서 운동을 못 하고 있죠. 운동해야 하는데, 하고 생각은 매일 하는데… 침대에 누워서 하죠, 늘 그 생각을.(웃음) 주변에 운동하기 적당한 곳을 아직은 못 찾았어요. 빨리 해야죠. 근데 왜 이리 시작하기가 어렵죠?

— 20대 중반 I씨

운동에 성공한 여자들보다 운동하려다 망한 여자들이 더 많다. 공식 통계 사이트에서 확인한 건 아니고 체감상 그렇다. 우리는 왜 멋지게 운동하면서 멋진 인생을 살고 싶은데 운동을 하려다가 늘 망하는가.

그 질문에 대한 대답을 운동 즐겁게 잘하고 있는 사람들에게 물었다. 이제부터는 그 답을 찾기 위한 인터뷰가 이어진다.

선생님,
저는 학교에서 체육을
제대로 배운 적이 없어요

체육교사 전해림, 김진이 씨에게 묻다

내가 운동을 싫어하기 시작한 때는 언제였을까.

여자들과 인터뷰를 진행하다보면 나이 대와 상관 없이 "학교 다닐 때 체육 시간이 싫었다"는 대답이 많이 나왔다. 학교 다닐 때, 그 시기를 조금 더 구체적으로 말하면 2차 성징이 나타나기 시작했을 때다. '가슴이 흔들리는 게 티 날 것 같아 창피했다'거나 '친구들 앞에서 달리기를 하거나 몸을 움직이는 게 싫었다'는 기억은 여자라면 대부분 공감할 수 있는 것들이다.

학력고사 혹은 수능 위주로 고등학교 과정이 흘러갔던 과거 세대는 그나마도 제대로 된 체육 시간마저 거의 없었다. 고등학교 시절 체육 시간은 자습 시간으로 대체되기 일쑤였고, 여학교에서는 운동장에서 학생들이 나무 그늘을 찾아 삼삼오오 수다 떠는 풍경이 운동하는 모습보다 흔했다.

그래서 '요즘 여학생들을 가르치는 체육 선생님'들은 어떤 수업을 하고 있고, 또 학생들과 선생님들은 어떤 생각을 하는지가 궁금했다. 요즘 아이들의 체육 수업 방식에서 달라진 점이 있다면 그게 무엇인지도 구체적으로 알고 싶었다. 고척중학교 전해림 선생님과 보성여고 김진이 선생님을 만나 각각 이야기를 들어봤다. 이들은 모두 "요즘 여학생들 환경은 80, 90년대랑 완전히 다르다"고 했다.

이들의 말에 의하면, 현재 중고등학교를 다니는 여학생들의 대부분은 운동이 남자만의 것이라고 생각하지 않는다. 그럼에도 불구하고, 아직도 '여자의 운동 = 피구, 수영' '남자의 운동 = 축구' 같은 고정관념이 어느 정도 남아 있는 것도 사실이라고 했다. "너는 예쁜데 왜 축구해?"라는 질문이 현재의 여학생들 입에서도 나온다. 그러나 축구부에서 즐겁게 공을 차는 여학생들이 가장 듣기 싫어하는 말 또한 그 말이라고 한다.

두 선생님 모두 학교 다닐 때부터 운동을 좋아했던 사람들이다. 이들은 자신들이 그랬듯 제자들도 '여자답게' '남자답게'의 프레임에 얽매여 생활하지 않기를 바란다.

요즘 아이들의 체육 수업 시간 이야기를 들어보자.

이은경: 지금 교과 과정에서 중학생들 체육 시간은 어떻게 돼요?

전해림: 일주일에 세 시간이에요. 거기에 스포츠 과목까지 하면 네 시간. 스포츠 과목이 따로 있어요. 체육은 체계적으로 배우는 느낌이고 스포츠는 경기, 미니게임 같은 걸 해요. 스포츠 과목은 중학교만 있어요. 고등학교는 없고. 그게 도입되면서 더 확장되고 체육 활성화가 됐죠.

이은경: 체육 수업은 여학생 남학생 같이 하지요?

전해림: 수업이니까 무조건 섞어서 같이 하죠. 수업 중에 하는 게임은 팀도 남녀 섞어서 구성해요.

이은경: 여학생들도 체육 수업을 적극적으로 해요?

전해림: 네. 분위기가 옛날이랑 많이 달라요. 기본기가 필요한 구기 종목은 기초부터 가르치고 있는데, 요즘은 초등학교부터 기본기를 꽤 많이 배워요. 어릴 때 못 배웠던 친구들도 가르쳐 주면 흥미를 갖고 해요. 남자애들 게임에 껴서 해도 될 정도로 잘하는 아이들도 있어요.

이은경: 옛날 남학생들이 그랬듯이 요즘 여학생들은 점심시간에 운동장 나와서 농구도 하고 그러나요?

전해림: 네. 학생들이 운동하는 건 남자 여자로 나눠서 보면 안 돼요. 운동 좋아하는 친구와 안 좋아하는 친구, 이렇게 나눠야죠. 여자애들 중에는 점심시간에 나와서 하는 경우가 많진 않아요. 그런데 여학교는 그렇게 한대요. 우리 학생들도 만약에 여학교라면 할 것 같아요. 운동 좋아하는 친구들은 많거든요.

이은경: 학교에 여학생 스포츠 클럽 활동 현황은 어떻게 되나요?

전해림: 저희는 동아리 두 개를 운영하고 있어요. 하나는 축구, 또 하나는 대회 있을 때마다 바뀌어요. 배구, 피구 이런 식으로요. 연습은 방과 후에 하고요. 저는 축구와 배구를 같이 지도하

고 있어요. 축구는 열한 명 있어야 되니까 동아리 인원이 열다섯 명 정도 있고요, 배구도 아홉 명 기준인데 한 열 명 돼요. 연습을 하면서 여학생 스포츠클럽 대회를 위해서 최정예 멤버를 꾸리는 거죠. 별도의 동아리 외에 학급별 대항전이 있어서 학급별 경기도 따로 해요.

이은경: 학급 대항전이면 남학생, 여학생이 섞어서 팀을 이루는 건가요?

전해림: 아니에요. 그건 현실적으로 좀 힘들고요. 남녀가 섞이면 아무래도 여자애들이 안 하려고 하죠. 스포츠 대항전을 학급별로 할 때는 남녀 별도로 해요.

이은경: 축구팀 오겠다고 하는 여학생들도 있나요?

전해림: 그럼요. 특히 축구팀에 잘하는 여자 선배가 있으면 그 학생을 보고 들어오는 후배들이 많고요. 여자애들이 재미있게 축구 연습하는 걸 보고 나도 하고 싶다고 찾아오는 경우도 있어요.

이은경: 학생들과 연습은 어떻게 하시나요? 운동 강도는 어느 정도예요?

전해림: 연습은 보통 아침에 해요. 일주일에 두 번, 각 40분씩이요. 방과 후에는 다들 학원 가느라고 시간을 못 내요. 아침 7시 50분에 모여서 8시 반까지. 강도가 높지는 않지만 실력보다는 축구를 재미있게 느끼도록 하는 걸 목표로 해요. 그렇게 하다보면 자기들이 부족한 걸 알게 되니까 더 열심히 하고 싶다고 생각하더라고요. 학생들이 기초부터 시작한 학생들 실력이 느는 게 보이니까 저도 뿌듯해요.

이은경: 학생들이 축구 하면서 제일 재미있어 하는 부분이 뭐예요?

전해림: 경기 나가는 거죠. 다른 학교랑 경기하는 것. 경기는 보통 평일에 해요, 방과 후에. 성과도 괜찮았어요. 지금 서울 남부에 구로구, 금천구, 영등포구 대회를 새로 만들었는데 거기서 2등 했어요.

이은경: 운동이라는 게 무엇보다도 대회 나가서 부딪치고 성적 내고 하는 짜릿한 재미가 있죠?

전해림: 그것 때문에 계속하는 거죠. 그 맛에.

이은경: 중3쯤 되면 학업 때문에 축구에 시간 내는 게 부담스러워지지 않나요?

전해림: 결국은 그만큼 좋아하는 애들만 하는 거죠.

이은경: 그래도 아직 축구는 남자 운동이라고 생각하는 사람이 많은데, 여학생들이 축구 연습하면 남학생들이 놀리거나 하지 않나요?

전해림: 맞아요. 그런 거 있어요. 그리고 여자애들도 운동하면서 살짝 이성 친구들 의식을 하죠. 축구가 여자 운동이 아니라는 고정관념이 학생들에게 아예 없지는 않아요. 여자애들이 축구 하면서 제일 싫어하는 말이 뭔지 아세요? 친구들이 “너는 예쁘게 생겼는데 왜 축구해?”라는 말이에요. 제가 워낙 축구를 좋아하고 많이 하는 걸 학생들이 보니까 자연스럽게 ‘운동에 남녀 구분 없다’는 걸 알려주는 거죠. 이건 누구만 하는 운동이 아니라 그냥 재미있는 운동이야, 이런 걸 계속 보여주고 자연스럽게 하고 싶게 만드는 게 중요해요.

이은경: 선생님은 학생 때부터 축구 많이 하셨어요?

전해림: 저는 당연히 운동 무지 많이 했는데요.(웃음) 농구도 하긴 했는데, 축구를 너무 좋아해서 축구 위주로 했어요. 어릴 때부터 남자애들이랑 많이 했어요.

이은경: 남자애들이 잘 끼워주었나요?

전해림: 실력이 되니까 끼워줬죠.(웃음) 여자애들이랑 하고 싶어도 할 친구들이 없었어요. 배우는 건 애들끼리 놀면서 배웠어요.

전해림 교사는 대학교에 다닐 때 굉장히 적극적으로 축구 동아리 활동을 했다. 학교에 여자 축구 동아리를 만든 것을 시작으로 전국 대학교에 있는 여자 축구 동아리의 모임인 '한국대학여자축구클럽연맹'까지 만들었다.

이렇게 적극적으로 여자들의 클럽축구를 조직으로 만들려고 한 이유가 있다. 대학 동아리로 판을 넓히고, 더 나아가 고등학생이나 중학생 후배들에게도 축구 하고 어울리는 즐거움을 전해주고 싶어서다.

이은경: 대학 때 보통 남자 축구 동아리들은 몇 개씩 있잖아요. 선생님은 따로 여자 축구 동아리를 만드셨다고요?

전해림: 대학 3학년 때 여자 동아리를 만들었어요. 체대 학생이 반, 나머지가 반 정도? 다른 학교를 보니까 축구는 거의 체대 동아리로 시작했더라고요.

이은경: 여성 스포츠 동아리가 호응이 괜찮았나요?

전해림: 이런 동아리를 만들겠습니다, 하는 글을 올렸는데 예상보다 훨씬 많이 찾아왔어요.

이은경: 그래도 축구는 11 대 11 게임인데, 호응이 좋다고 해도 연습 때 한 팀을 구성하기는 쉽지는 않았을 것 같아요.

전해림: 그렇기도 했어요. 처음에는 가벼운 마음으로 시작했는데 막상 와서 해보니 힘들어서 안 나오는 사람도 생기고요. 그러면서 물갈이가 되고, 또 그러면서 채워졌어요. 그래서 남은 사람들끼리 되게 끈끈해졌어요.

이은경: 연습은 보통 어떻게 했어요?

전해림 : 대학 운동장에서 했죠. 일주일에 두 번이 기본인데, 코치님은 우리가 아는 선수 출신 언니들이 해줬어요. 무급으로 봉사해준 거죠. 진짜 기본부터 배웠어요 그때.

이은경: 첫 대회는 아직도 기억나겠네요?

전해림 : 그럼요. 2014년에 서울대학교 여자축구부가 만든 대회였어요. 우리는 나가서 예선 탈락했거든요. 근소한 차이로 져서. 그때 우리가 막 신생팀인데 잘 하는 우승 후보 다크호스라

고 그런 얘기 듣고 나간 거였는데. 다들 허탈해서 낮 12시부터 술 마셨어요.(웃음)

이은경: 그렇게 대학교 대항전을 여러 번 나가면서 교류를 하다가 여자 축구 동아리들을 모아서 연맹까지 만들게 되신 건가요?

전해림: 네, 처음에는 점차 친해지면서 뜻이 맞는 팀들이 먼저 연맹에 가입하고, 그 연맹 이름으로 모여서 리그전도 하고 그랬어요.

이은경: 연맹 소속 여자 축구 동아리들 중에 어디가 강팀이에요?

전해림: 일단 체대생 많은 한체대, 그리고 우리 학교 인하대.(웃음) 연세대, 고려대, 서울대 이렇게 강해요. 거기는 축구특기생 없고 다 아마추어들이고, 대학 들어와서 하는 애들이에요. 상위권 학교가 왜 많냐면, 외국에서 온 애들이나 교환학생들 많아서예요. 그래서 조금 더 조직적으로 가더라고요. 학교에서 지원도 해주고.

이은경: 그렇게 만들어진 한국대학여자축구클럽연맹에서 지금은 직접 회장을 맡고 있군요.

전해림: 저희가 단순히 개별적인 동아리 활동만 하지 않고 연맹을 만들어서 모인 이유가 있어요. 저는 초-중-고-대 모두 같이 할 수 있는 그런 프로그램 만들고 싶고, 개인적으로는 여성들이 팀 스포츠를 해야 한다는 인식을 확산시키고 싶어요. 일단 대학생들이 중고등학생 대회 열어주는 것을 기획해서 이번에 처음 해봤어요. 이걸 서울 전지역에 퍼질 수 있게 노력하고 있어요. 지금 연맹에서 하는 일이 여자 대학생들이 축구대회를 더 다양하게 만드는 일이에요.

이은경: 첫발을 내디딘 셈인데, 해보니 어떻던가요?

전해림: 여자들이 축구 잘하는 걸 보여주고, 축구하는 동생들에게 가르쳐주고, 이런 게 특히 좋았어요. 중고등학교는 교육청 대회밖에 없어서 거기서 끝나버리고, 또 2학기가 되면 대회조차 없어요. 그런데 이번 대회에 중고등학생들이 와서 보고 다들 하는 말이 '와, 언니들이 대학 가서 저렇게 축구한대. 그런데 대학들이 다 빵빵한 학교야. 공부 잘하는 언니들이 축구를 하네. 와, 우리도 할 수 있구나. 나도 대학 가서 축구하고 싶다' 이런 거였어요. 나도 공부도 운동도 열심히 해서 대학 가서 축구 잘하는 멋진 언니가 되어야지 하는 생각이 들었다는 거죠. 그런 목표 의식이 생긴 거예요.

이은경: 요즘 학생들이 그런 경험을 할 수 있다는

게 부럽네요. 저는 학창 시절 체육 시간이 정말 재미없었다는 기억만 있거든요.

전해림: 평생 할 수 있는 운동을 재미있게 해나갈 수 있도록 가르쳐주는 게 중요하다고 봐요.

이은경: 평소에 여학생들에게 체육, 운동에 대해 어떻게 이야기해주세요?

전해림: 지금은 여학생이라고 해서 체육에 대해서 재미가 없다, 관심이 없다 생각하는 시대가 아니에요. 이미 그런 시대는 지났어요. 우선 체육 시간을 즐거운 시간으로 만들기 위해서 교과 과정이나 일선 교사들이 노력하는 것도 있고요. 또 제가 늘 강조하는 건, 즐거움을 넘어서 새로운 가치를 배울 수 있다는 거예요. 특히 축구는 팀으로 움직이면서 그 안에서 소통이 일어나고 자연스럽게 서로 교감하고 이해할 수 있는 운동이잖아요. 그게 스포츠맨십이라고 생각해요.

이은경: 미국이나 유럽의 명문대학이 럭비나 조정 같은 스포츠 활동 경력을 중시하는 게 팀워크를 배우기 때문이라는, 그런 말이 생각나는데요? 한국은 중고등학교 때 팀 스포츠를 제대로 못 해보는 경우가 많은데, 그래서 대학 가서 팀 과제 하다가 싸움

나고 그러는 걸까요?(웃음)

전해림: 그런 걸 축구 하면서 겪어보는 거죠. 서로 실력 차는 있지만 한 팀이 되고, 보듬어주고, 가르쳐주고. 또 우리 팀을 어떻게 구성해야 하나 하는 고민도 해보고요. 선후배라는 입장이 되어 어떻게 관계 맺는 것이 좋은지 경험도 해보고.

이은경: 체육 과목이야말로 여학생을 제대로 가르치려면 여자 선생님이 많아야 되는 것 아닌가요?

전해림: 요즘에는 여자 체육 선생님이 많아지고 있어요. 남학생 여학생 가르치는 게 달라야 할 때가 있어요. 예를 들어 축구 때 여학생들은 공에 발을 어떻게 맞히는지부터 배워야 돼요. 남학생들은 기본 운동신경이 있고 경험도 있는데, 여자애들은 처음부터 일일이 알려줘야 해요. 남자 선생님들이 이런 걸 굉장히 힘들어하시죠. 선생님이 답답해하니까 애들은 더 재미없어 하고요.

이은경: 제가 개인적으로 굉장히 궁금했지만 묻지 못했던 게 있는데요. 여학생들이 학교에서 운동하면 씻을 데가 없지 않나요? 여름에는 땀도 많이 나고, 그래서 브래지어 축축해지면 찝찝하고, 셔츠에 자국도 남고, 정말 싫은데요.

전해림: 현실적으로 학교 안에 여학생들이 제대로 씻을 장소는 없어요. 그래서 여학생들이 잘 안 하려고 하죠. 축구팀 애들도 여름에는 아침에 운동하고 나면 씻기가 불편해요. 씻는 데가 있기는 한데 남자애들은 대충 씻거나 안 씻거나(웃음) 그러는데 여자애들은 불편하죠. 여학생들이 축구를 한다는 건 그런 걸 다 이겨내고 하는 거예요. 그래서 더 악착같고 적극적인 애들이 하는 거죠. 스포츠 동아리 하는 여학생들 보면 뭐든 열심히 하고 참을성도 많아요. 기업 면접 보시는 분들 참고하셔야 돼요.(웃음) 실제로 대학에서 운동 동아리 했던 애들이 취직도 더 잘되더라고요.

남녀공학이 아닌 여자고등학교 학생들은 어떻게 운동하고 있을까. 이번에는 보성여고 체육교사 김진이 선생님을 만났다.

보성여고 방과 후 축구팀은 2018년 서울특별시교육감배 학교스포츠클럽대회에서 우승했다. 그해 11월 만난 김진이 선생님은 첫인상부터 씩씩하고 에너지가 넘쳤다. 여학생들이 중학생에서 고등학생이 되면 급격하게 체육에 대한 관심이 떨어지고 몸을 움직이기 싫어할 것이라고 지레짐작했는데, 김진이 선생님은 그건 편견일 뿐이라고 말했다.

이은경: 선생님을 뵈니까 가장 먼저 드는 생각인데,

저도 여자고등학교를 나왔는데 체육 시간에 제대로 운동을 배운 적이 없는 것 같아요.

김진이: 사실 그건 지금도 마찬가지예요.

이은경: 그래요? 수업은 어떤가요? 요즘 여고생들의 체육 시간이 궁금하긴 하네요.

김진이: 지금 고등학교 1, 2학년은 주 2회, 3학년은 주 1회 체육 수업을 하고 있어요. 그것도 수능 끝나면 거의 없다시피 하고요.

이은경: 예전과 달라진 게 있나요?

김진이: 일단 예전에는 선생님이 굉장히 통제하면서 군대식으로 했잖아요. 그때는 교권이 강해서 가능했는데, 지금은… 엄청나요.(웃음) 일단 체육 수업은 운동장에서 진행하니까, 학생들이 교실 밖으로 나오면 긴장이 풀어지는 경향이 있긴 하죠. 체육 시험은 수행평가인데, 필기시험은 학기 말에만 보거나 안 보는 학교도 있어요. 예전 체력장 같은 건 아예 없고 완전히 다른 형식으로 체력 측정 테스트를 하는 '팝스'(PAPS, 학생체력평가제)라는 게 있죠.

이은경: 고3은 체육 수업이 주 1회라도 정상적으로 하긴 어렵죠?

김진이: 그렇죠. 체고가 아닌 이상은요. 시험 기간에 고3은 당연히 운동장에 안 나오고요. 그런데 애들이 체육을 싫어하지는 않아요. 체육 시간 기다리고, 비 오면 오히려 짜증내고 그래요. 그만큼 에너지가 넘치는 아이들인데… 방학 때 방과 후 수업을 이어서 하려고 하면 학원 시간을 다 맞추지 못해서 폐강되기도 하고 그래요.

이은경: 요즘 학생들의 특징은 뭔가요?

김진이: 체력이 많이 약해졌어요. 잘 다치고. 그래도 나와서 뛸 때는 다들 즐거워하고 잘 따라오죠.

이은경: 여고생들은 운동보다도 다이어트에 관심이 더 많지는 않나요?

김진이: 많지요. 아이들이 아이돌이나 연예인의 몸이 예쁘다며 그게 최적의 몸이라고 생각하고 다이어트에 몰입해요. 저는 체육 수업에서 가장 큰 아쉬움이 그거예요. 뛰는 것도 좋지만 학생들이 내가 왜 뛰는지 알아야 돼요. 학기 초에 체육 이론수업을 하거든요. 아이들이 가장 건강한 몸과 예쁜 몸이 무엇인지

그런 개념을 알려주고 싶어서 이론으로 먼저 하는 거예요. 그런데 애들은 건강 생각 안 하죠. 아무도 안 가르쳐주고, 제가 이야기해도 솔직히 잘 듣지 않고요. '그냥 나가서 뛰어요' 그러지.

이은경: 직접 수업을 해보시면 남학생과 여학생이 차이가 큰가요?

김진이: 남자애들이 아무래도 더 자발적으로 체육 수업을 하긴 해요. 선생님이 어느 정도만 지도하고 규칙 정해주면 알아서 팀 정해서 나누고 해요. 그런데 지금 보성여고 여학생들도 점심시간에 운동장 나와서 축구를 해요. 배드민턴도 하고 캐치볼도 해요. 상대적으로 여학교의 여학생들이 남녀공학의 여학생들에 비해서 이성들의 눈치 안 보고 맘 편하게 운동하는 측면은 있어요.

이은경: 그러면 방과 후 수업 시스템은 잘돼 있나요?

김진이: 활발해진 지 10년 정도 돼서 이제는 자리를 잡았어요. 초등학교가 제일 잘돼 있고 올라갈수록 점점 덜한 건 사실이에요. 학교 끝나면 다들 학원이 우선이니까요. 중3 이후로는 대충 그렇게 돼요. 엘리트 스포츠는 선수 수급이 어렵다고 하지만 그래도 방과 후 활동 같은 생활체육은 점점 규모가 커지고 있고, 생각하시는 것보다 정말 많은 학생들이 운동을 하고 있어

요. 지금 저는 초등학교에서 방과 후 농구 수업을 하고, 보성여고에서는 방과 후 축구 수업을 진행하고 있어요. 초등학교 농구 수업의 경우 한 반의 인원이 스무 명 정도인데 여학생은 여섯 명이에요.

이은경: 보성여고 방과 후 수업 축구팀은 대회도 나가나요?

김진이: 학교 스포츠 클럽 대회가 활성화된 것도 벌써 꽤 됐죠. 지역별로 예선이 있고, 전국대회까지 있어요. 교육청별로 진행해요. 그렇게 지역에서 1등 뽑아 본선을 또 해서 1등 하면 서울 대표로 전국대회에 가는 거죠. 우리 팀이 이번에 서울 대표로 전국대회에 갑니다. 저희 학교가 운동장도 작고, 팀이 생긴 지 3년 정도밖에 안 되고, 여건이 좋지 않은데도 그런 결과를 냈어요. 가끔씩 애들 훈련하는 것 보면 대견해서 울컥한다니까요.

이은경: 축하합니다. 팀 소개 좀 해주세요. 주로 어떻게 구성돼 있나요?

김진이: 지금 우리 팀 엔트리는 열여덟 명이에요. 사실 3학년 되면 연습이나 방과 후 수업에 나오기 쉽지 않죠. 그래서 2학년이 팀의 주축이에요.

이은경: 대회는 어떻게 진행돼요? 전국대회 준비하려면 떨리시겠어요.

김진이: 서울 대표가 되기까지는 예선 서너 게임, 본선 토너먼트 서너 게임 정도 치르죠. 경기는 여고팀은 전후반 20분씩, 남고팀은 30분씩 해요. 20분 뛰는 거, 되게 힘들어요.(웃음) 이번 주 금요일에 목포에서 오후 3시부터 경기를 시작해요. 전국에서 다 모여요. 그날 이기면 토요일에 다음 경기가 있고, 그런 식으로 일정은 일요일 결승전까지 있어요. 작년에는 제주가 우승했는데, 사실 전국대회 가면 실력 차가 크지 않고 당일 잘하는 선수 한두 명으로 경기가 결정되거나 골키퍼 실수로 갈리거나 하죠.

이은경: 얼마나 연습해요?

김진이: 일주일에 방과 후 수업이 두 번 있어요. 주말에 따로 연습하고 그런 건 없고요. 우리 팀에는 초등학교 때 축구를 했던 아이가 한 명 있고, 체대 입시 준비하는 애들도 있고 그래요.

이은경: 학교 친구들이 응원도 가나요?

김진이: 거리가 있으니 목포까지 오지는 못하죠. 전에 본선 경기를 서울에서 했을 때는 애들이 좀 왔어요. 중학생들은 한 번

에 모여서 같이 갈 수도 있는데 고등학생들은 그게 쉽지 않아요. 부모님들이 애들 공부해야 하는데 시간 뺏긴다, 그러세요. 경기는 다 주말에 있는데 응원은 보통 개인적으로 친한 친구들만 가요.

이은경: 고등학교 입학 전에 축구를 해봤던 여학생들도 많아요?

김진이: 고등학교 와서 처음 배운 아이들도 있고, 중학교 때 조금 한 애들도 있고 그래요. 두각 나타나고 잘하는 애들은 초등학생 때부터 한 아이들이죠. 남학생하고 한 팀으로 같이 하면 여자애들이 적을 수밖에 없어요. 기량 차이가 나면 남자애들이 걸리적거린다고 투덜대고 그래요. 하지만 여자애들 승부욕도 장난 아니에요. 남녀 같이 하는 것보다 여자들만 모아놓으면 오히려 더 잘해요.

김진이 선생님의 인터뷰는 2018년 11월에, 전해림 선생님의 인터뷰는 2019년 1월에 했다.

참고로 전해림 선생님의 근황에는 큰 변화가 생겼다. 전해림 선생님은 2019년 봄 학교를 그만두고 유튜브 크리에이터로 전업했다. 축구 하는 이야기 등 다양한 콘텐츠를 담은 채널 '추꾸림'을 운영 중이다.

전해림 선생님은 퇴사 이유에 대해 "요즘 같은 시대에 왜 공립학교 교사를 그만두냐며, 미쳤냐는 이야기도 많이 들었다"며 "교사 시절 학생들에게 체육에 대한 의미와 재미를 가르쳐 주는 일은 너무나 보람 있고 즐거웠다. 하지만 교사 외에 내가 하고 싶은 일이 너무 많았다"고 설명했다.

'추꾸림' 전해림 씨는 2019년 가을 모 요가복 브랜드의 SNS 광고캠페인 메인 모델로도 나섰다. 이 광고에서 신나게 공을 뻥뻥 차면서 "여학생은 피구만 하라고 해서 공은 피하는 것인 줄만 알았다. 그런데 축구를 하면서 힘껏 공을 차는 쾌감이 이렇게 좋을 줄이야"라는 이야기를 한다.

나는 이 광고를 보면서 내가 학생이던 시절 운동을 즐기지 못했던 가장 큰 이유를 깨달았다. 나에게는 구체적인 '롤 모델'이 없었던 것이다. 롤 모델이라는 게 단순히 운동하는 법을 가르쳐주는 사람을 뜻하는 게 아니다. '평범한 여자 어른도 운동 하면 이렇게 신나고 즐겁다' 혹은 '여자가 운동을 하는 게 이렇게 멋있다'는 것을 보여준 사람이 없었다. 생각해보니 심지어 나는 학창 시절 여자 체육 선생님조차 만난 적이 없었다. 여자의 몸도 신나게 운동하는 데 사용할 수 있다는 걸 일상 속에서 여자아이들에게 보여주는 것 자체로 좋은 체육 수업이 될 수 있었는데 말이다.

여고생이 공 좀 차네요?

박현아, 송선빈 학생에게 묻다

여고생이면서 취미로 축구를 하는 학생들. 수도전기공업 고등학교 기계과 1학년인 박현아와 송선빈은 그야말로 길에서 우연히 만났다. 앳된 얼굴의 여학생 둘이 상하의 모두 축구복으로 입고 뭔가 즐겁게 이야기를 하면서 길을 가고 있는 걸 보고 '인터뷰 좀 할 수 있겠느냐'며 부탁을 했다.

이 둘은 단순히 축구복을 입은 게 아니었다. 박현아 학생은 등에 32번 번호와 함께 '문정동 매운김치'라는 이름을 마킹해놓았다. 유명 스타의 저지를 입고 다니는 여학생은 가끔 볼 수 있어도 자기 이름(혹은 별명)을 직접 새긴 유니폼을 입은 학생은 정말 보기 힘들다. 이들은 "사실 이 옷은 저희 반 티로 맞춘 거예요. 우리는 따로 여자 축구 동아리를 하고 있고요. 그런데 공교롭게도 반 티도 축구 유니폼이네요"라며 까르르 웃었다.

이은경: 요즘 여학생들의 생생한 이야기를 듣고 싶었어요. 사실 내 세대에서는 선수가 아닌 이상 평범한 여고생이 취미로 축구를 한다는 건 생각하지 못했거든요.

송선빈: 우리 학교 여자 축구 동아리도 만들어진 지는 얼마 안 됐어요. 한 3~4년 됐나? 우리가 1학년이라서 막내예요 지금.

이은경: 고등학교 입학하기 전에도 운동을 취미로

계속했어요?

박현아: 초등학교 때 수영을 했고, 중학교 때는 방과 후 배드민턴부 했어요.

이은경: 운동을 정말 다양하게 했네요. 두루두루 잘한 거예요, 아니면 한 가지에 집중을 못 한 거예요?(웃음)

송선빈: 우와. 너 뼈 맞음.(웃음)

박현아: 운동을 좋아하긴 하는데, 할 데가 많이 없으니까요. 수영은 여덟 살 때인가 부모님이 등록해주셔서 배웠고요, 배드민턴은 학교에서 할 수 있으니까 했어요.

송선빈: 저는 초등학교 때는 수영이랑 줄넘기 했어요. 그리고 초등학교 6학년 때 농구 시작해서 중1 때까지 학교 농구부 활동을 했어요. 그때 축구도 잠깐 같이 했고요. 그리고 고등학교 입학하기 전 방학 때 두 달 정도 킥복싱도 배웠어요.

이은경: 킥복싱은 계속하고 있어요?

송선빈: 아뇨. 입학하고 나서는 시간이 없어서 못 하고 있죠.

이은경: 축구 동아리는 처음에 어떻게 들어가게 됐어요?

송선빈: 3학년에 여자 선배가 한 명 있어요. 내가 그 선배를 좋아해서 많이 따라다녔는데, 그 선배가 축구 동아리거든요. 들어오라고 했어요. 그래서 또 제가 얘(박현아)를 꼬셨죠.

이은경: 동아리는 여자만 있나요? 아니면 남학생도 같이 하는 건가요?

송선빈: 아예 여자밖에 없는 동아리예요. 담당 쌤이 남자 하나, 여자 하나 이렇게 계세요. 우리 학교는 공고여서 특성상 남자가 많을 수밖에 없어요. 남자가 80프로예요. 이번에 우리 학년이 여학생이 제일 많이 들어왔는데, 그 여학생들 대부분이 축구 동아리로 왔어요. 지금 1학년이 여자가 총 열다섯 명 정도인가 그런데 열 명이 축구 동아리에 왔어요.

이은경: 동아리 팀 이름은 뭐예요?

박현아: 팀 이름은 따로 없어요. 그냥 축구 동아리예요.

이은경: 처음에 선빈 학생이 현아 학생을 소개하면서 최고의 수비수라고 막 자랑을 하던데요. 원래

축구를 잘하는 친구였어요?

송선빈: 현아는 동아리에 들어가서 확 늘었어요.

이은경: 그럼 둘 다 축구는 처음 배운 거예요?

박현아: 중학교 때 구기종목 대회 같은 거 할 때 축구 한번 한 적은 있어요. 그런데 본격적으로 배운 건 처음이에요.

이은경: 실제로 학교 다닐 때 축구를 하면서 놀 기회는 없지 않아요?

박현아: 아뇨. 저는 워낙 남자애들이랑 친하게 지내서.(웃음)

송선빈: 중학교 3학년 때는 송파컵이라고 우리 지역에서 축구 대회를 했거든요. 거기에 남자랑 여자랑 같이 나갔어요. 같이 팀을 이룬 건 아니고 여자 대표, 남자 대표 따로 한 반에서 나가는데요, 우리 반 남자애들이 잘 못해서 여자애들이 더 열심히 했죠. 다 예선에서 떨어지긴 했지만요.

이은경: 연습은 주로 어떤 식으로 해요?

박현아: 방과 후 수업으로 한 번 하고, 또 동아리 모임 때 하고

그래요. 화목 각각 두 시간 정도씩이요. 화요일에는 학교 일정 안에 동아리 시간이 있고, 목요일에는 학교 끝나고 해요.

이은경: 혹시 아침에도 일찍 가서 따로 연습하나요?

박현아: 아뇨, 아침에는 따로 안 해요.

이은경: 대회는 언제예요?

송선빈: 지금 대회 중이에요. 우리가 이번에 이기면 완전 연승이에요.

이은경: 대회 이름이 정확히 뭐예요?

박현아: 학교 클럽? 뭐 그런 건데.

정확한 대회명은 서울시교육감배 학교스포츠클럽대회다. 10월까지 이어지는 서울시교육감배에서 상위권에 들면 11월에 열리는 교육부 전국대회에 서울 대표로 출전할 수 있다. 축구와 농구, 배드민턴 등 교육청이 지정한 13개 종목과 자율종목 8개가 진행되며 2019년에는 남녀 초-중-고교생 2500팀이 넘게 참여했다.

송선빈: 이 근방 학교들 다 하는 거예요. 저희가 지금까지 세 경기 했는데 다 이겼어요.

이은경: 정확하게 상대 팀, 그리고 전적이 어떻게 되나요?

송선빈: 첫번째는 풍문고등학교랑 했는데 4-0으로 이긴 것 같아요. 두 번째는 진선여고. 거기도 4-1로 이겼어요. 그리고 세 번째가 청담고등학교인데, 4-0으로 이겼어요. 저희 과에 되게 잘하는 애가 한 명 있어요.

이은경: 둘 다 주로 주전으로 뛰나요?

송선빈: 네. 둘 다 주전이에요. 얘는 윙백이고 저는 공격에서 오른쪽 윙. 얘는 수비수라 볼 찰 기회 별로 없는데. 저는 공격 쪽이지만 잘 못하다가 진선여고랑 할 때 결정적인 기회를 한 번 놓쳤어요.

이은경: 윙이면 발이 빠르겠네요?

송선빈: 저는 그렇게 생각 안 하는데 선생님이 그렇게 꽂으셔가지고.(웃음)

이은경: 사실 축구를 제대로 배운 지 오래된 건 아니잖아요? 그래도 포지션을 세부적으로 나누고 전술도 짜고 그런가봐요?

송선빈: 저희 남자 축구 쌤이 되게 오래 하셨어요. 예전에 축구 선수였대요. 그래서 저희 훈련 봐주시고, 또 저희랑 맞는 포지션을 다 잡아주셨어요. '너는 어느 역할을 하고, 뭘 해라' 이렇게 자세하게 알려주세요.

이은경: 그럼 두 사람은 각자 어떤 역할이에요?

박현아: 저는 공격수 막고, 공 오면 걷어차고 그런 역할이에요. 상대팀에서 내 짝꿍을 만들어요. 짝꿍을 만들어서 그 선수를 주로 막는 거죠. 풍문이랑 할 때 한 명 있었고. 그 뒤로는 못 찾아서….

이은경: 경기를 하면서 당황해서 누구를 막을지 못 찾은 거예요?

송선빈: 아뇨, 그건 아니고. 우리 공격이 너무 잘해서 수비까지 플레이나 공이 안 내려가요.

박현아: 땀이 하나도 안 나요, 하하.

이은경: 송선빈 학생은 역할이 뭐예요 그럼?

송선빈: 저는 원래 선생님이 원톱(공격수) 시키려다가 슈팅이 부족해서 윙으로 빠졌어요. 지금은 공 받으면 사이드라인으로 빠져서 치고 들어가거나 원톱한테 패스하는 게 제 역할이에요.

이은경: 주전은 주로 2, 3학년이 하나요? 학년이 올라가면 아무래도 더 잘하는 분위기인지요?

송선빈: 지금 우리 동아리는 1학년 수가 2, 3학년 합한 것의 두 배 정도 돼요. 그래서 우리가 주전이에요.(웃음)

이은경: 아까 반에서 굉장히 잘하는 친구가 있다고 했지요?

박현아: 3학년 언니가 잘하고, 1학년 중에 공격 잘하는 친구가 또 한 명 있어요. 3학년 언니는 중앙수비수인데, 공이 오면 걷어서 보내주는 역할을 하고요. 잘한다는 그 친구는 원톱 공격수예요.

송선빈: 그 친구가 우리 팀에서 골을 80퍼센트 정도 넣어요. 해트트릭도 했어요. 초등학교 때 육상 했다고 하더라고요. 체육중학교도 들어갈 수 있었을 정도로 재능이 있다고 하더라고요.

이은경: 축구 동아리를 하면서 느끼는 가장 큰 재미는 뭔가요?

박현아: 언니들이랑 수다 떠는 게 제일 재미있죠, 하하.

송선빈: 애들, 언니들이랑 게임 하는 게 제일 재미있어요. 선생님이 훈련시키는 건 맘에 안 들고요.(웃음) 언니들이랑 친구들이랑 수다 떠는 게 제일 재미있어요.

이은경: 생긴 지 오래되지 않은 신생 동아리가 보통은 이상한 기강도 안 잡고 분위기가 좋지 않아요?

박현아: 맞아요. 늘 재미있고, 또 우리 여자 쌤이 진짜 좋아요.

송선빈: 네네. 여자 쌤이 저희 또래를 다 이해하고 계세요. 진짜 좋아요. 그리고 교감 쌤이 여자 축구 좋아하셔서 지원을 빵빵하게 해주세요. 거기에 여자 쌤이 교육청인가 어디에서 뭘 또 따 오셔서 우리 동아리가 지원이 제일 빵빵해요.

이은경: 훈련은 어떤 것 하는데 마음에 안 들어요?

송선빈: 훈련은 스텝 밟는 것, 슈팅, 드리블, 공 받기 이런 거예요. 사실 해도 도움이 되는 것 같지가 않아요. 잘 모르겠어

요.(웃음)

이은경: 그럼 보통 훈련 때는 그런 기본기 연습 30분 쯤 하고, 그다음에 실전 게임 하고 이런 식이에요?

송선빈, 박현아: 네. 준비운동 하고, 운동장 한 바퀴 뛰고 나서 하는 거죠.

이은경: 보통 고등학교 때는 살 빼는 것, 다이어트에 관심 많잖아요.

송선빈, 박현아: (정말 크게 까르르 웃으면서) 사실 다이어트 중이에요.

이은경: 축구 하는 게 다이어트에 도움이 돼요?

박현아: 아뇨 아뇨 아뇨. 뛴 만큼 먹어요.

송선빈: 제가 학교 다니면서 매점 다녀서 살찐 것도 있는데, 여축(여자 축구)을 하면서 초반에는 엄마가 다리가 마른 것 같다고 했어요. 그런데 이제는 튼실해졌다고 그러세요. 살이 빠진 게 아니라 많이 튼튼해졌어요.

이은경: 보통 친구들 사이에서는 요즘 분위기가 어때요? 다들 아이돌처럼 마르고 싶다, 뭐 그런 분위기인가요?

박현아: 아뇨, 전혀.

송선빈: 같이 먹고 죽자, 이런 분위기.

이은경: 친구들끼리는 보통 뭐 먹어요?

송선빈: 모르겠어요. 이번에 경기할 때는 매번 짜장면 먹었어요. 오늘은 방과 후 끝나고 같이 동네에서 저녁 먹었고요. 화목에는 운동 끝나고 따로 동아리에서 주는 건 거의 없고요. 아이스크림이나 음료수 먹어요 보통, 시합한 다음에.

이은경: 지금 3연승 중인데 축하 회식 같은 것 안 했어요?

송선빈: 교장, 교감 쌤이 오신 것만으로도 감사해야죠. 경기 끝나고 쌤들이 밥은 계속 주세요. 다음 경기 때는 빙수도 먹는대요.(웃음) 다음 시합이 이번주 토요일 10시인데, 우리 학교에서 해요.

이은경: 다음 상대는 어디예요?

송선빈: ○○여고요. 거긴 다들 덩치가 장난 아니에요. 작년에 우리 골키퍼 언니를 그 팀 누군가 뒤에서 쳐서 언니 허리 다쳤어요. 아 작년에는 지금 골키퍼 하는 언니가 필드 플레이어였어요. 어우, 꼭 이겨야 돼요. 박살 낼 거야.

이은경: 여학생들도 축구를 그렇게 거칠게 해요?

송선빈: 경기 중에 때리고, 꼬집고, 치고 막 그래요. 우린 정말 깨끗하게 해요. 깨끗하게 해도 이긴다는 걸 보여줘야지.

박현아: 맞아. 우리는 깨끗하게 해도 4-0 할 수 있어.

이은경: 아무래도 고등학생이니까 공부할 시간이 많이 필요하죠?

박현아: 공부는… 해야죠.

이은경: 부모님이 공부할 시간 잡아먹는다고 운동하는 것 싫어하지 않으세요 혹시?

송선빈: 오히려 좋아하세요. 체력 길러야 되니까. 원래 체력 싸

움이잖아요, 공부가. 저의 튼튼해진 다리를 보면서 좋아하시죠.(웃음)

이은경: 운동하고 몸이 바뀌었다, 건강해졌다, 이런 걸 스스로 느낀 게 혹시 있어요?

박현아: 네네. 있어요. 저희가 학교에서 전교생이 아침마다 아침 달리기 하거든요. 우리 학교 운동장이 엄청 커요. 정규 축구장 규격이에요. 초반에는 반 바퀴도 뛰기 힘들었는데, 지금은 한 바퀴를 거뜬하게 뛰어요.

송선빈: 저는 지금 선도부인데요. 좀 군대 같은 게 있어서 '선도가' 라고 노래를 부르면서 뛰는데, 노래를 하면서 뛰니까 좀 힘들어요. 그런데 제가 원래 체력이 좋은 편이라 뛰는 것 자체가 힘든 줄은 몰라요.

이은경: 장래 희망은 뭐예요?

박현아: 회사원이요.

이은경: 너무 소박한데요?

송선빈: 너 장래희망 CEO 아니었어?

박현아: 아, 맞다. 저는 창업할 거예요.

송선빈: 나 취직 시켜줘.(웃음)

이은경: 축구 선수 중에는 누구 좋아해요?

박현아: 이승우요. 얼굴이 딱 좋아요. 제가 '무쌍'(쌍까풀 없는 눈)에다가 눈이 이렇게 된 사람 좋아하거든요. 딱 제 스타일이에요.

송선빈: 이승우보다 손흥민이 낫지 않나? 저는 아는 축구 선수가 음바페(킬리앙 음바페. 프랑스 출신으로 파리생제르맹 소속의 각광받는 공격수다) 밖에 없는데. 우리 반에 별명이 음바페인 애가 있거든요.

이은경: 올해 동아리 목표는 뭔가요?

송선빈: 올해 전국 우승이라고 들었어요. 교장 선생님이 전국 우승해야 된다고 막.

이은경: 팀의 최고 장점은 뭐예요?

송선빈: 팀 친화력. 동아리 쉬는 시간마다 즐겁게 떠들고 놀아요.

이은경: 주로 무슨 얘기 해요?

송선빈: 별 얘기 다 해요. 무서운 얘기도 하고, 운동하기 싫다 이런 얘기도 하고.(웃음)

이은경: 운동이라는 것에 대해서 어떻게 생각해요? 지금 재미있지만 여기서 끝이라고 단순하게 생각해요, 아니면 평생 같이 가는 친구다, 이런 생각인가요?

박현아: 저는 운동하는 걸 좋아해서 계속 운동하고 친구 할 거 같아요. 제가 약간 저질 체력이긴 한데, 그래도 운동이 좋아요.

송선빈: 계속해야죠. 어차피 공부는 체력이고, 체력에서 안 밀리려면 해야 된다, 이런 생각이 있어요.

이은경: 운동은 이래서 재미있다, 설명한다면 어떤 점이에요?

박현아: 그냥… 운동이란 게 승부를 보는 거잖아요. 또 땀을 흘리면 약간 기분이 보람차요. 약간 살이 빠진 것 같기도 하고… 그런 쾌감이 있어요.(웃음)

이은경: 날씨가 점점 더워지는데, 운동 하고 나면 학교 안에서는 샤워를 못 하잖아요. 그런 점이 불편하지는 않아요?

박현아: 맞아요. 하고는 싶은데….

송선빈: 그런데 저희가 전공이 기계과라 맨날 용접이랑 선반이랑 이런 거 하거든요. 우리는 어차피 학교에서 늘 땀에 절어 있어요. 우리 반 애들 남녀 할 것 없이 수돗가에서 물놀이도 하고 그래요.

박현아: 맞아, 맞아. 물놀이를 하도 해서 샴푸도 갖고 다녀요.

이은경: 그런데 남녀공학 다니는 친구들 이야기를 들어보면, 여학생들이 남학생들 신경 쓰여서 여자들끼리 있을 때보다 오히려 운동하기가 어렵다고들 하던데요?

송선빈: 아뇨, 그런 것 없어요. 저희는 그냥 동성이에요. 학교에서 연애하면 벌점 받기도 하고, 그럴 생각도 없어요. 저희 학교가 여학생들 화장 못 하게 하거든요. 그래서 매일 '쌩얼'로 다니고 그러는데 만약에 남자애들 신경 쓰고 사귀고 그러면 정말 '찐'이에요. '찐사랑'이죠.(웃음)

이은경: 학교에 남자 축구 동아리도 있어요?

송선빈: 네. 근데 저희가 남축(남자 축구)이랑 안 친해요. 별로 안 좋아해요. 운동하는 시간이 겹치는데, 남축이 지금 대회여서 운동장을 다 써요. 그럼 우리가 농구 코트 쪼끄만 데서 해야 되고, 어유… 싫어요.

박현아: 맞아요. 남자 동아리가 양보를 거의 안 해줘요.

송선빈: 저희 학교가 남자축구부로 유명했대요. 옛날에 마이스터고 되기 전에 엘리트 축구팀이 되게 유명했다 하더라고요.

박현아: 야, 그런데 이제 우리가 남자 팀보다 동아리 성적도 더 높지 않냐?

송선빈: 더 높지.

이은경: 혹시 여자가 축구 하는 것에 대해 이상하고 낯설게 생각하는 시선을 경험해본 적도 있어요?

박현아: 전혀 없어요. 남자애들이 우리가 축구 하는 걸 이상하게 보거나 놀리거나 그런 경험 없어요. 오히려 우리 응원하러 와요.

송선빈: 걔네가 저희보다 못하기 때문에 할 말이 없어요.

박현아: 네, 맞아요. 저희 담임 쌤이 수학인데, 수학 시간에 간혹 다 같이 운동장 나가서 놀거든요. 같이 축구를 하면 남자 애들이 더 못해요.

송선빈: 잘하는 남자 친구들도 있는데, 걔들은 우리를 도와주기도 해요. 제가 선생님한테 슈팅 못 한다고 욕먹어서 남자애들이 슈팅 연습하는 거 도와줬어요. 그래서 많이 늘었고요.

이은경: 각자 축구할 때 가장 잘하는 것, 주특기가 있다면 뭐예요?

송선빈: 다 자기 포지션을 제일 잘해요. 저번에 한번 쌤이 얘를 공격으로 올리려고 했는데 잘 안 되더라고요. 얘는 공을 안 무서워하는 게 장점인데… 공격은 또 완전히 다르대요. 수비는 가만히 서 있는데 공격은 계속 뛰어야 하잖아요. 적응을 못 하더라고요. 저도 지금 수비로 내려가라고 하면 못 내려가요.

이은경: 현재 학교 생활에서 느끼는 재미의 대부분이 축구 동아리인가요?

박현아: 당연히 그렇죠.

송선빈: 동아리 최고!

이은경: 축구는 2, 3학년으로 올라가도 계속할 생각이에요?

송선빈: 사실은 고민하고 있어요. 전공 공부할 시간도 모자랄 판에 축구를.(웃음) 저희한테 처음에 동아리 들어오라고 했던 3학년 언니가 졸업해서 나가면 계속할지 말지 고민 중이에요.

이은경: 그 언니는 축구 하면서 공부도 잘하는 롤모델이에요?

박현아: 맞아요. 그런데 저희도 그렇게 되고 싶은데 몸이 안 따라줘요.

송선빈: 저희가 범접할 수 없는 몸이에요.

이은경: 축구가 즐겁고 좋은데, 계속할까 말까에 대한 고민은 역시 공부 때문이군요.

송선빈, 박현아: 네.

이은경: 나중에 어른이 되고, 취직을 한 후에도 축

구는 계속할 생각이에요?

박현아: 저는 축구 아니면 배드민턴, 수영 중에 하나를 계속하려고요. 저희 오빠가 최근에 회사에 들어갔는데 거기 주짓수 동아리 있다고 그것부터 하겠다고 하더라고요.

송선빈: 저는 일단 여름 방학 때 다시 킥복싱 다니려고요. 서머 프로그램이 있더라고요. 제가 원래 여자 중에서는 운동을 곧잘 하는 편이었는데 여기 오니 남자애들이 많아서 좀 위축돼요. 배구 하는데 체격 차이, 힘 차이가 확실히 있어요. 저희는 성적에, 또 나사 하나에 목숨이 달려 있는데… 그 나사 하나 조이는 것도 남자한테 도와달라고 해야 하니까 힘부터 길러야죠.

이은경: 취업하는 데도 남학생 여학생이 좀 차이가 있어요?

송선빈: 많이 차이가 있어요. 저희가 일단 특채를 두 개밖에 못써요. 저희가 남자보다 1.5배 열심히 해야 돼요.

현재 중고등학생들은 소위 'Z세대'라고 불린다. 다양성을 존중하고 디지털 문화에 친숙한 세대를 가리킨다.

이 세대 여학생들은 공을 차고, 몸을 쓰며 뛰어 노는 것

에 대한 거부감이 거의 없어 보였다. 학생들이 취미로 운동을 즐기면서 다른 학교와 경기도 하고, 승패를 가를 수 있는 시스템이 생겼다는 자체가 부럽다는 생각도 들었다.

귀가 멍멍할 정도로 신이 나서 떠드는 고등학생 특유의 분위기도 즐거웠다. 인터뷰를 할 때 두 명의 여학생이 서로 말이 자주 겹칠 정도로 쉴 새 없이 재잘대는 모습은 그야말로 여고생에게서만 볼 수 있는 밝은 느낌이라 시종 웃음이 나왔다. 특히 박현아 학생은 "이 인터뷰 책에 실리는 거예요? 그럼 우리 집 강아지 이름 좀 꼭 넣어주세요. '로니'예요. 짜짜로니 할 때 로니"라고 애교 섞인 부탁을 했다. 옆에서 송선빈 학생이 "짜짜로니의 로니 맞아? 짜파게티의 게티 아냐?"라고 말을 보태 웃음이 또 터졌다.

그러나 고등학교 1학년 1학기를 보내고 있는, 어른들이 보기에는 한없이 어려 보이는 학생들에게도 공부와 취업은 무거운 짐이었다. 특히나 마이스터 고등학교에 다니고 있는 이 여학생들이 학교 내 절대다수인 남학생들과 취업 경쟁에서 앞서가기 위해 "체력을 키워야 해서 운동한다. 공부는 체력 아니냐"고 말했을 때, 그 100퍼센트의 진심에 숙연해질 정도였다.

다만 공부만이 아니다. 이 밝고 앳된 여학생들도 10대가 지나고, 그 이후 성인이 되어 인생을 살아보면 또 알게 될 것이다. 사회생활이 곧 체력이고, 육아가 곧 체력이고, 인생이 곧 체력이라는 사실을.

취미로 운동하다
국가대표까지 한다고요?

직장인 라크로스 선수 정지은 씨에게 묻다

'국가대표 선수로 활약하고 있는 직장인이 있다'는 이야기를 들었을 때 굉장히 신기했다.

잡지사 기자로 일하고 있는 정지은 씨는 대학 때부터 라크로스 여자대표팀의 선수로 뛰고 있다. 국가대표라는 단어가 좀 거대한 느낌이 드는데, 한국 여자 라크로스 선수의 수가 매우 적기 때문에 본인이 강한 의지와 열정만 갖고 있다면 다른 종목에 비해 대표 선수가 되는 게 그렇게까지 어렵지는 않다고 한다.

라크로스가 대중적으로 잘 알려진 인기 종목은 아니다. '서양 명문학교 학생들이 하는 부자 운동'이라는 이미지도 있다. 정지은 씨는 웃으면서 "발품을 팔고 정보를 얻으면 용품을 싸게 사서 누구나 즐길 수 있다"고 설명했다. 정지은 씨는 대학교에 다닐 때 동호회 활동을 하면서 처음 라크로스를 접한 뒤 시작하자마자 푹 빠져버렸다.

라크로스는 한 팀이 열 명(남자는 열두 명)으로 구성되는 단체 구기종목이다. 경기할 때 선수들의 포지션은 아이스하키랑 비슷하다. 골리(필드 선수 스틱보다 표면적이 넓은 '골리 스틱'을 갖고 골대를 지킨다)를 제외한 필드 선수들은 스틱을 갖고 뛰는데, 스틱 끝에 바구니 같은 게 달려 있어서 그걸로 공을 패스해서 골을 노린다. 골대 크기는 아이스하키보다 훨씬 크다.

아무리 좋아한다고 해도 국가대표까지? 인터뷰를 하기 전 가장 먼저 들었던 질문이었다. 게다가 라크로스 국가대표팀은 협회의 지원이 열악해서 대표팀에 들어간 선수들은 자비로

용품을 사고 훈련을 하고 대회에 나간다. 운동을 하는 것만으로도 힘든데 내 돈 들여서 더 힘든 것까지 감수한다고?

정지은 씨는 모든 질문에 밝게 웃으면서 대답했다. 그가 라크로스를, 그리고 대표팀을 하는 이유는 단순했다. 너무 재미있으니까.

이은경: 대학에서 체육학 전공했다고 들었어요. 특기생으로 입학한 전문 운동선수는 아니었던 거죠?

정지은: 네. 그냥 입시 준비해서 들어갔어요. 학과 과정에는 특정한 종목에 대한 전공이 있었던 게 아니고 일반적인 이론도 있고 실기도 있고 다 있었죠.

이은경: 운동은 어릴 때부터 좋아했어요?

정지은: 네. 유치원 때부터 좋아했던 거 같아요. 엄마 아빠는 다 운동을 잘 못하세요. 엄마는 운동을 정말 싫어하시고요. 부모님이 따로 운동을 시켜 주질 않아서 저 혼자 막 운동하러 다녔어요.

이은경: 2013년에 대학에 갔는데, 중고등학교 때 여학생들도 운동을 적극적으로 했던 세대인가요?

정지은: 제가 초등학교 때 즈음부터 체육 교육을 활성화시킨다고 학교별 피구 대회가 열리고 그랬어요. 요즘 들은 소식으로는 여학생들도 농구 대회 이런 거 많이 한다고 하더라고요. 막상 저 다닐 때는 그렇게까지는 안 돼 있었어요. 저도 수능 다 끝나고 나서 체대 입시 준비했거든요.

이은경: 와, 그럼 원래 운동을 굉장히 잘했다는 이야기네요.

정지은: (웃음) 꾸준히 체대 입시를 준비한 건 아니었지만 워낙 구기종목을 좋아했고, 기초체력 테스트 같은 것도 크게 어렵지는 않았어요.

이은경: 여학생들은 구기종목을 제대로 못 배우는 경우가 많고, 또 생활 속에서 즐기기도 쉽지 않았을 텐데요.

정지은: 맞아요. 기본기는 수능 끝나고 체대입시 학원에서 배웠는데, 실제로 즐긴 건 대학 들어가서예요. 점심시간이면 학교 농구 동아리 애들이랑 같이 하고 그랬어요. 요즘은 중고등학교에도 여자 스포츠 동아리들이 많다고 하는데, 저 때는 별로 못 봤어요.

이은경: 그럼 라크로스는 어떻게 시작한 거예요?

정지은: 대학 입학하고 나서, 1학년 때 시작했죠. 제가 입학하기 1년 전인 2012년에 학교 내 라크로스 동아리가 생겼어요. 가장 친한 친구가 그 동아리를 했는데 저한테도 같이 하자고 했어요. 취미로 시작한 거죠. 그러니까 제가 라크로스 한 지는 한 5년 정도 됐네요. 처음에는 국가대표까지 할 생각은 아니었고요.

이은경: 라크로스를 시작할 때 규정이나 기술은 다 동아리에서 배운 거예요?

정지은: 네, 학교 동아리를 만든 언니한테 배웠어요. 외고에서 동아리 활동 하면서 라크로스를 미리 배웠던 언니예요. 현재 외고에 라크로스 하는 팀이 네다섯 개 정도 돼요. 그 사람들이 대학에 오면서 팀을 또 만든 거죠.

이은경: 라크로스에 특별히 재미를 붙이게 된 이유가 있었나요?

정지은: 학교 입학하기 위해서 전공으로 농구를 선택하긴 했는데, 그건 정말 입시용이었고요. 학교 다니면서는 특별히 재미있게 하는 운동이 없었어요. 그래서 새로운 걸 해보고 싶다는 생각이 더 절실해지던 찰나에 친구가 추천해서 시작했어요. 처음

했을 때부터 재미있네, 신기하네, 이런 느낌이더라고요. 초반에는 그렇게까지 열심히 하지는 않았는데, 연말에 대학리그에 뛸 사람이 필요하다고 하는 거예요. 인원이 없으니까 나와서 머릿수만 채워라, 뛰어만 줘라 이렇게 언니들이 부탁을 하면서 시작했는데 할수록 점점 더 성실하게 나가게 됐고요. 그러다가 동아리 사람들이랑 다 친해지고 정을 붙인 거죠.

이은경: 한국에는 여자 라크로스 동아리가 얼마나 돼요?

정지은 : 대학 팀, 사회인 팀까지 다 해서 열 팀은 될 거예요. 고등학교 팀이 또 네다섯 개 정도 되고요. 대학이 한 여섯 팀 정도? 대회에서 사회인부는 따로 없는데, 대회 때마다 사회인팀이 생기기도 하더라고요. 저희는 동아리 인원이 많지 않다보니까 연습할 때는 4대 4로 게임을 하기도 하는데, 어쨌든 대학 동아리 별로 스무 명씩은 거의 다 있어요.

이은경: 라크로스는 장비가 꽤 고가라던데요.

정지은: 고가 장비만 있는 건 아니에요. 물론 한국에서는 구하기 어려워요. 남자 장비도 한국에는 별로 없고요. 우리는 단체로 해외 직구해요. 직구하는 곳에서 찾아보면 여자 장비도 다 있어요. 인터넷 사이트가 엄청 잘돼 있고, 라크로스 장비만 파

는 사이트도 따로 있어요. 살 사람 목록 적어내면 한 사람이 대표로 사오는 형식으로 장비를 구해요.

이은경: 지금도 대학 시절에 몸 담았던 동아리도 계속 활동을 하고 있는 거죠?

정지은: 네, 동아리는 계속 잘 이어지고 있어요. 동아리 친구들, 후배들이 대표팀에 많이 도전해요. 이번에 열렸던 U-19(19세 이하) 대표팀에도 많이 들어갔고요.

이은경: 국가대표는 어쩌다가 하게 된 거예요?

정지은: 대학 2학년 말 때쯤 U-19 챔피언십이라고 19세 이하 선수만 뛰는 세계청소년대회가 있었어요. 저는 만으로 19세가 지났으니까 와일드카드로 뛰게 됐죠. 아무래도 한국 여자 라크로스가 선수층이 넉넉한 게 아니니까 동아리에서 뛰었던 경험이 큰 도움이 됐어요. 저는 주로 공격수로 뛰어요.

이은경: 그래도 선발전 같은 걸 정식으로 다 거친 거잖아요?

정지은: 그렇죠. 당시 경쟁률이 2대 1 정도라고 해야 되나. 그런데 반 정도는 허수예요. 대표팀 지원하기 전부터 도전하면 될

거라는 생각은 하고 있었어요. 이게 너무 자신감이 넘치는 걸로 보일 수도 있지만, 운동에 대해서 저는 어느 정도 기본기나 실력, 체력에 자신이 있거든요.

이은경: 국가대표가 된다는 건 어떤 건지 궁금해요. 어릴 때부터 엘리트 선수 생활을 한 건 아니니까 좀 남다른 기분이었을 것 같아요.

정지은: 2학년 여름에 처음 대표팀에 갔어요. 태극마크 달린 유니폼도 받고 기분 좋았죠. 그런데 라크로스는 대한체육회 정회원 단체가 아니에요. 물론 올림픽이나 아시안게임 정식종목도 아니고요. 그래서 체육회나 정부 지원 같은 게 전혀 없어요. 선수촌에 갈 수 있는 것도 당연히 아니고, 합숙도 따로 안 해요. 그래도 대표팀 경험이라는 건 잊을 수 없는 특별한 기억이죠. 특별해서 계속 그만둘 수 없는 그런.

이은경: 비록 올림픽에 나가는 정도의 대단한 팀까지는 아니어도 내가 라크로스에서는 한국을 대표하는 최고의 선수다, 하는 자부심 같은 것도 당연히 생길 것 같아요.

정지은: 맞아요. 그런 것 정말로 있어요.

이은경: 라크로스 국가대표팀 구성은 주로 어떻게 돼요? 연령대라든가 배경이라든가 그런 게 궁금한데요.

정지은: 아무래도 외국에서 살다 온 친구들이 많아요. 그런 경험이 있는 친구들이 주축이에요. 나머지는 대부분 체대 출신이고요. 어쩌다가 해외 체류 경험도 전혀 없고, 체육 전공도 아닌 사람이 들어오기도 해요. 그런 친구가 지금 대표팀에 두세 명 정도 있어요. 정말 오래 했던 친구들인데 이런 경우는 보통 외고 출신들이에요. 외고에 라크로스 동아리가 있거든요. 엔트리는 여자팀이 최대 열여덟 명이에요. 주말 훈련에 열여덟 명이 다 모이죠. 보통 방학 기간에 사람들이 좀 많이 빠지는데요, 그게 주축인 해외파 대학생 선수들이 방학이면 가족이 있는 외국으로 나가서 그래요. 그래서 지금은 3배수 정도 뽑아놓고 훈련하면서 주전 경쟁도 하고 그래요.

이은경: 실력으로만 따지면 외국에서 살다 온 선수들이 제일 좋은가요?

정지은: 네, 아무래도 그렇죠. 어릴 때 잘 배운 것도 있고요. 한국보다는 라크로스나 다른 운동을 하는 여건이 좋은 곳에서 더 오래 훈련한 경험이 있는 사람들이잖아요. 그 사람들은 지금도 한번 연습하면 서너 시간씩 하니까. 그런데 '해외파'든 '국

내파'든 지금 대표팀 엔트리에 있는 선수들은 다들 직장이나 학교 다니면서 그렇게 열심히 해요.

이은경: 팀에서 지은 씨가 중요한 역할 아닌가요?

정지은: 아뇨. 대표팀에서 저는 몸이 아니라 입이 제일 많이 움직이죠.(웃음)

이은경: 대표팀에서의 첫 대회가 생생하게 기억나겠어요.

정지은: 2014년에 스코틀랜드에서 열린 대회였어요. 결과는 꼴찌에서 두번째. 그래도 1승은 했어요. 그런데 스코틀랜드에서 했다는 것만 기억나고, 정확한 운동장 이름이나 동네 이름이나 상대팀이나 스코어나 이런 건 기억이 자세히 안 나요. 저는 지나간 결과에는 연연하지 않거든요. 첫 승 상대가 핀란드였나, 그것도 가물가물해요. 그러고 나서 제주도에서 아시아환태평양대회가 있어서 출전했어요.

이은경: 전세계적으로 여자 라크로스 팀이 많아요?

정지은: 네. 국제대회에 나가보면 많더라고요. 유럽, 북아메리카 쪽은 거의 다 나와요. 미국, 네덜란드, 이탈리아, 이런 데요.

이스라엘도 있고. 미국, 캐나다가 늘 1, 2위를 다퉈요. 거기는 우리와 비교하면 그냥 '넘사벽'이죠. 우리가 U-19 대회 나갔을 때 캐나다랑 붙은 적이 있는데 20-0으로 졌어요. 그것도 캐나다가 봐줘서 그 점수였어요. 20점 넘으면 예의상 공격선 안 넘어가주고 슈팅도 안 하고 그렇게 해요.

이은경: 대표팀 훈련은 어떤 식으로 했어요?

정지은: 대회가 있으면 주말마다 모여서 연습해요. 장소는 주로 용인대 운동장에서 하고요. 훈련 장소도 우리가 직접 알아봐요. 협회 지원 같은 건 당연히 없어요. 협회가 사단법인이고 체육회 가맹단체가 아니다보니 지원금을 받을 수 있는 데 한계가 있어요. 말로는 국가대표라고 하지만 실제로는 대표가 맞나 싶을 정도로 열악하니까 좀 어려운 부분이 있죠.

이은경: 그러면 당연히 훈련도 자비로 하는 건가요?

정지은: 협회의 지원이 있긴 하지만 유니폼, 단체복, 대회 출전비 등 선수들이 스스로 부담해야 하는 부분이 많아요. 사실 경제적으로 좀 부담이 되죠.(웃음) 학생 때는 부모님 힘을 좀 빌리기도 했지만 지금은 그럴 수 없겠더라고요.

이은경: 혹시 부모님은 딸이 이렇게 열정적으로 라

크로스를 하는 것에 대해 뭐라고 말씀하세요?

정지은: 하고 싶은 거 다 하라고 하세요. 이제 포기하셨어요.(웃음) 사실 처음에는 되게 싫어하셨는데 지금은 나름 좋아하시는 것 같아요.

이은경: 지금 회사를 다니면서도 대표팀을 계속하는 중이지요?

정지은: 하하, 그게 그래요. 대표팀을 한번 그만뒀다가도 인원이 부족하다고 하면 또 다시 나와서 하게 되고요. 저도 한번 그만둔다고 했다가 다시 나오고 있어요. 왔더니 공격수 자리에 잘하는 언니들이 늘어나서 까딱하다가는 붙박이 주전에서 밀릴 수도 있겠어요. 분발해야 돼요.(웃음)

이은경: 대표 선수니까 늘 몸을 만들어서 준비하고 있는 거군요?

정지은: 그렇죠.(웃음)

이은경: 회사에 다니면서 대표팀 훈련도 하는데 힘들겠어요. 평소에는 훈련을 어떤 식으로 해요?

정지은: 평일은 훈련 일정이 전혀 없어요. 따로 헬스장을 간다거나 별도 체력 훈련을 한다거나 이런 것도 전혀 없어요. 오로지 주말 대표팀 훈련 있을 때만 해요. 제 생업이 국가대표는 아니니까 따로 시간 내서 운동을 할 시간은 별로 없어요. 그건 학교 다닐 때도 마찬가지였어요. 동아리 운동 주 2회 정도 친구들이랑 하고, 그 외에 라크로스를 위해서 또 다른 운동을 한다거나 그러지는 않았어요.

이은경: 그래도 '국가대표'라고 하니까 별도의 체력 훈련이 없다는 게 뭔가 어색하게 들리기도 하는데요?

정지은: 아뇨. 주말에만 훈련하는 것도 훈련량이 얼마나 많은데요. 그걸로도 충분해요.

이은경: 하긴 직장생활하면서 주말마다 꼬박꼬박 나가서 운동을 하는 것도 쉬운 일은 아니겠네요.

정지은: 뭐, 주말에 회사 일이 생겨서 어쩔 수 없이 빠지는 날이 생기기도 하죠. 그렇지만 웬만해선 안 빠져요.

이은경: 몸이 아프면요?

정지은: 그래도 가요. 하다보면 나아요.

이은경: 라크로스가 굉장히 격렬한 운동 아닌가요?

정지은: 맞아요. 부상도 자주 생기죠. 저는 연습하다 공이 눈에 맞아서 골절된 적이 있어요. 안와골절이라고 눈두덩 뼈를 다친 거죠. 그게 아마 대표선발전 이틀 전인가 그랬어요.

이은경: 아이고, 그 정도 되면 하지 말아야겠다는 생각도 들지 않아요?

정지은: 전혀.

이은경: 대표팀 선수 중에 라크로스만 하는 전업 선수도 있나요?

정지은: 거기에만 매달리는 사람도 있는 것 같아요. 아직 대표팀은 아닌데 대표팀이 되고 싶어하는 사람 중에요. 그래도 대표팀은 거의 전원이 자기 직업이 따로 있는 사람들이에요.

이은경: 지은 씨 이야기를 듣다가 궁금한 게 생겼어요. 정말로 운동이 재미있나요? 힘들거나 귀찮다는 생각이 한 번도 안 들었고요?

정지은: 네. 힘들지 않아요. 귀찮지 않아요. 아무리 멀리서 해도 운동은 다 할 수 있어요. 왜 그렇잖아요. 노는 것 좋아하는 사람은요, 몸살 나서 누워 있다가도 친구한테 전화 와서 '오늘 멤버 좋은데 너 안 나올래?' 그러면 당장 쓰러질 것 같아도 택시 잡아타고 나가잖아요. 그런 거랑 똑같아요. 지금 우리 라크로스 대표팀 하는 사람들도 거의 자기 일을 갖고 있고 대표팀은 부수적인 개념이지만 모두들 힘들어도 나오고, 감기 들어도 나오고 그래요. 물론 훈련 끝나고 술 한잔하는 것도 너무 좋고 재미있죠. 운동이 직업인 사람은 운동이 힘들다, 지겹다, 고통스럽다, 이렇게 말 할 수 있어요. 하지만 우리는 좀 달라요. 운동이 삶의 즐거움인데요? 하다보면 실력이 느는 것도 보이고, 팀 운동이다보니까 서로 호흡이 맞을 때의 짜릿함도 있고. 재미있는 것투성이에요, 운동은.

이은경: 뭔가 이해하고는 싶지만 '운동이 재미있다'는 말은 저로선 가슴으로 이해되지는 않는데요.(웃음)

정지은: 기자로 오래 일하셨다고 하셨죠? 그럼 보통 어릴 때 책 읽는 것 좋아하고 재미있어 하지 않았나요?

이은경: 그랬죠.

정지은: 그런 거랑 비슷해요. 어떤 사람은 책 읽는 게 재미있고, 어떤 사람은 게임하는 게 재미있고, 또 어떤 사람은 운동하는 게 너무 재미있는 거죠. 자기가 잘하고 재미있는 영역이 각자 다를 수 있어요. 내가 좋아하고 잘하는 분야가 운동이 아니라고 해서 의기소침할 필요는 없다고 생각해요. 저 같은 경우는 운동을 잘했고 너무 재미있었던 것뿐이에요.

이은경: 이런 질문을 해보고 싶네요. '라디오스타' 공식질문 스타일로요. 정지은 씨에게 운동이란? 정지은 씨에게 국가대표란?

정지은: 하하. 사실 그렇잖아요. 직업 운동선수 중에는 국가대표가 되는 게 목표인데 은퇴할 때까지도 결국 못 해보고 그만두는 선수도 많을 거예요. 그런데 저는 그렇게까지 이를 악물고 대단하게 노력을 해서 비장하게 국가대표를 한다기보다는 즐겁게 하다보니까 국가대표까지 하게 된 거예요.

이은경: 이를테면 '어쩌다 국가대표' 이런 건가요?

정지은: 네네. 그 말이 딱 어울리네요. 어쩌다 국가대표. 어릴 때부터 저는 운동을 너무 좋아했는데 직업으로서 운동을 하는 것에 대해서는 부모님이 완강하게 반대를 하셨어요. 그래서 체대에 갔다가 라크로스를 하게 됐고, 졸업 후에 직장을 다니면

서도 대표팀은 계속하고 있어요. 물론 그 속에서 내가 갖고 있는 자부심이나 뿌듯함도 있지만 무엇보다 중요한 건 즐거움이에요. 내가 어릴 때부터 정말 하고 싶었던 일을 계속하는 것, 그 일을 즐기는 것, 그 일이 저에게는 운동이에요.

정지은 씨와의 인터뷰는 2018년 1월에 진행했다.

정지은 씨는 2018년 여름 즈음 잡지사에서 신문사로 이직했다고 한다. 그런데 새 직장의 출근시간이 매우 일러서 이전에 비해 어쩔 수 없이 운동과 다소 거리가 생겼다고 했다. 라크로스 대표팀 훈련에는 여전히 즐거운 마음으로 참석하지만, 주전 선수로 뛰거나 대회에 나가는 일은 거의 없어지고 있다.

정지은 씨는 "라크로스 동아리나 대표팀 활동은 후배들을 만나는 게 너무 즐겁기 때문에 계속하고 있어요. 제가 운동을 멀리하고 싶어해서 대표팀에서 뛰는 횟수가 줄어든 건 아니에요. 오히려 여자 라크로스가 점점 더 많이 알려지고 그걸 즐기는 인구가 늘어나면서 선수층이 두터워지니까 제가 자연스럽게 경쟁에서 밀려서 세대교체가 된 거죠"라고 했다. 그는 자신이 주전에서 밀렸다고 해도 라크로스 인기가 그만큼 올라가고 더 많이 알려진 게 훨씬 더 좋다고 했다.

정지은 씨는 "라크로스 대표팀 주전에서 빠졌으니 이제 슬슬 다른 운동도 새로 배워볼까 생각 중"이라며 "조만간 테니스를 배워볼 생각"이라고 했다.

운동하면
정말 살 빠져요?

운동 기피자였다가 피트니스 선수가 된
황지원 씨에게 묻다

황지원 씨에게 인터뷰를 요청한 건, 순전히 개인적인 궁금증이 발동해서였다.

피트니스 대회에 나가는 아마추어 선수이자 이른바 '헬스장'이라고 흔히 부르는 짐에서 이사로 일하고 있는 황지원 씨는 불과 몇 년 전만 해도 출산 후 갑자기 살이 너무 쪄서 고민인, 주변에서 흔히 볼 수 있는 30대 여성 중 하나였다고 했다.

어떻게 체중 감량에 성공했는지, 정말로 운동을 열심히 하면 날씬한 몸매로 변신하는 건지, 식사 조절은 얼마나 혹독하게 한 것인지 솔직한 스토리가 듣고 싶었다. 뻔한 대답을 예상하면서도 뭔가 편하고 빠른 비법을 얻을 수 있는 게 아닐까 하는 '혹시나' 하는 마음도 들었다.

그러나… 김빠지는 결론일 수 있지만, 이야기를 하면서 얻은 결론은 역시나 '다이어트에는 왕도가 없다'는 것이다.

황지원 씨는 2013년에 동네 헬스장에서 PT를 받으면서 운동을 시작했고, 2018년부터는 피트니스 대회에도 나가기 시작했다. 그는 운동을 못해도 꾸준히 하는 게 가장 중요하다고 했다. 또 자신이 어릴 때부터 운동이라면 학을 뗄 정도로 싫어했고, 잘하는 운동이라곤 단 한 개도 없는 데다 PT를 받는 동안에도 남들보다 진도가 느려 열등생 취급을 받기 일쑤였다고 했다. 하지만 역시나 열쇠는 꾸준함이었다고.

개인적으로 '헬스장'이라고 하면 각종 아픈 추억이 떠오른다. 돈 내고도 귀찮아서 안 가고, 기구를 드는 덩치 큰 남자들이 무서워서 안 가고, 러닝머신에서 속도 4.3 정도 눌러놓고

걸으면서도 힘이 들어서 헉헉거렸던 그 기억들 말이다. 바로 그런 곳, 헬스장. 황지원 씨와 헬스장 이야기를 나눠봤다.

이은경: 지금은 그냥 마른 체형으로 보이는데요. 과거에 살이 많이 쪄서 문제였었다고요?

황지원: 9년 전에 출산하고 살이 많이 쪘어요. 그러다가 고관절이랑 무릎 통증이 오는데 나중에는 조금만 걸으면 아파서 잠을 못 잘 정도가 돼버렸어요.

이은경: 누구나 나이 먹으면 살이 찌곤 하는데, 그게 좀 급격하게 쪘다는 이야기죠?

황지원: 애기 낳고 나서 3~4년 동안이 최악이었죠. 모유수유를 2년 정도 했는데, 끝나고 나니까 그렇게 밤에 맥주 한잔하는 게 좋더라고요. 맥주만 먹는 게 아니라 치킨도 먹고. 그때는 집에서 구매대행을 하면서 돈을 벌었는데, 해외 사이트를 봐야 하니까 새벽 2시까지 일을 했어요. 일단 밤 10시에 컴퓨터 켜고 과자부터 뜯는 거예요. 그게 다 배로 간 거죠. 군것질을 엄청 했어요. 그러니까 배에 살이 찌기 시작하고 허리 이런 데 살이 오르는데 대책이 없었어요.

이은경: 원래 건강은 어떠셨어요? 이전에는 운동을 하신 적은 없으신가요?

황지원: 결혼 전에 은행에 다녔는데, 창구 업무를 하다보면 고객들을 볼 때는 똑바로 앉아 있다가 컴퓨터 작업을 하면 몸을 틀어야 해요. 그러니까 허리도 틀어지고, 자세도 안 좋아졌죠. 그런 자세로 열 시간 넘게 앉아 있었어요. 그런데 사실 어릴 때부터 운동을 정말 싫어했어요. 몸 자체가 둔해서 체육을 못했어요. 체육 시간에 비 왔으면 좋겠다고 매일 속으로 빌고. 몸 움직이는 것 자체가 싫었으니까요. 이 PT 시작하기 전에는 운동을 전혀 안 했어요. 헬스장을 끊어도 한 달도 제대로 안 나갔으니.

이은경: 그러면 아무리 몸이 안 좋아져도 운동을 결심하기는 쉽지 않으셨을 것 같아요.

황지원: 어느 날은 둘째 가졌냐는 말을 듣고 충격받기도 했죠. 더 심했던 건, 우리 애가 유치원 다닐 즈음에 개구리 가족 그림을 그리면서 날씬하고 작은 개구리는 자기고 뚱뚱한 건 엄마래요. 진짜 충격이었죠. 거기에 몸은 점점 더 아프지, 더 이상은 못 버티겠더라고요. 이러다 병원비가 더 나올 것 같아서 '어차피 물리치료 받을 거면 그 돈으로 PT를 받자' 이런 생각이 들었어요. 운동도 못하는데 PT를 한 이유는 누가 나를 좀 강하게

잡아주기를 바라서였어요. 그냥 회원권만 끊으면 안 갈 게 뻔하다는 걸 나도 아니까요.

이은경: 운동을 못했다는 점을 강조하시는데, PT 시작하고 나서는 어떠셨어요?

황지원: 본격적으로 운동을 시작한 지는 한 5년 정도 됐는데, 처음에는 50분 운동도 너무 버거웠어요. 운동의 기본자세를 잡는 데만 3개월 걸렸어요. 처음 시작하고 스텝박스 놓고 올라갔다 내려갔다 하는 것만 한 달 했고요. 웨이트? 기구? 뭐 그런 건 들어본 적도 없었고요. 처음에 양 발을 11자로 놓고 똑바로 서보라고 하는데 저는 10초를 하면 덜덜 떨렸어요. 얼굴 벌개져서 기우뚱하고 넘어지고. 그게 평소에 짝다리 짚거나 다리를 꼬거나 하는 나쁜 자세가 굳어져서 그 지경이 된 거였어요. 한쪽으로 몸이 기울어졌는데, 똑바로 자세를 잡으면 불편하니까 결국 또 비뚤어진 쪽으로 자세를 잡고. 그래서 처음에는 그렇게 운동 같지도 않은 운동을 한 건데, 그래도 6개월이 지나니까 무릎이 아프거나 어깨가 아프거나 하는 빈도가 줄더라고요. 한 시간만 운동을 해도 똑바른 자세로 하니까 비뚤어진 게 조금씩 바로 잡혀간 거죠.

이은경: 운동하시면서 식단 조절도 쉽지 않으셨겠어요.

황지원: 저는 솔직히 맛있는 것 먹고 싶어서 운동했어요. 운동 시작할 때도 선생님한테 '저는 빵, 짜장면, 과자 이런 것 먹어야 하니까 그런 것 마음껏 먹을 수 있도록 건강하게 만들어주세요' 그랬어요. 식단조절은 대회 나가면서 난생처음 해봤죠. 닭가슴살만 먹는 것도 올해 처음 해봤어요. 물론 운동 시작한 후에는 이전에 먹던 것보다 양을 좀 줄이긴 했죠. 이전에는 한 번에 피자 네다섯 쪽 먹었는데 운동한 다음부터는 두 쪽만 먹고, 밤에 먹던 걸 낮에 먹고 그런 정도였어요. 먹는 것까지 너무 못 먹게 몰아치면 운동이 아예 하기 싫어질 것 같더라고요.

이은경: 그래도 중간에 포기하고 싶을 때 어떻게 버티셨어요?

황지원: 그냥 꾸준히 한 거예요. 운동 시간으로 따지면 저는 처음 시작하고 한참 동안 그렇게 많이는 못 했어요. 대신 월요일부터 토요일까지 매일 30분만 하더라도 헬스장에 일단 나간 거죠 꾸준하게. 감기 걸린 날은 '스트레칭만 하고 오자' 하고 갔고요. 정말 하기 싫은 날은 '샤워만 하고 오자'고 갔어요. 그런데 뭐, 가면 코치님이 있는데 아예 안 할 수는 없죠.(웃음) 코치님 말로는, 남들한테는 한 번 얘기하면 되는 걸 저한테는 세 번 네 번을 말 해도 못 알아들어서 가르치기 너무 힘들었는데, 제가 계속 버티고 따라가니까 반대로 그게 장점이 되더래요. 일단 너무 모르니까 무슨 말을 하면 고지식하게 다 따라하고 버티는

걸 보고 '되겠구나' 싶었대요. 그리고 또 제가 없는 돈에 PT를 하려니 돈이 아깝다는 생각에 선생님이 가르쳐준 걸 집에 가면 인터넷으로 다 찾아보고 "여긴 이렇게 하라고 하는데 왜 나한테는 이렇게 가르쳐줬어요" 하고 묻고, 토론하고 막 그랬어요. 2년쯤 되니까 하루 두 시간 운동할 체력이 생기더라고요.

이은경: 솔직히 PT 받고 헬스장에서 운동하는 게 재미없지 않나요?

황지원: 기본적인 PT만 2년을 했어요. 이렇게 재미없는 걸 왜 하나 싶었어요. 처음에는 살이 빠지기 시작하니 재미가 생겼어요. 그런데 그게 계단식으로 가거든요. 정체기가 오는 거죠. 저는 그때를 버틴 게 코치님 덕분이에요. 지루하지 않도록 하나씩 숙제를 던져주셨어요. 실내에서 하는 PT가 지겨워질 즈음에 한 게 5km 마라톤이었어요. 마라톤에 나가서 상을 받으니 또 재미가 생기고, 그러다가 코치님이 트레이너 자격증을 따보라고 권해서 자격증도 도전해보고 뭔가 하나씩 해나가는 성취감이 좋았죠. 그리고는 피트니스 모델 대회 중에서 일반인이 나갈 수 있는 가장 높은 레벨을 나가보자, 이렇게 또 다른 목표를 만들었고요.

이은경: 몸이 달라지니 스스로에 대한 만족감이 생기셨을 것 같아요.

황지원: 조금씩 살이 빠질 때마다 옷가게에 가서 옷을 입어봤어요. 예전에 살쪘을 때는 입지도 못했던 옷을 입고 거울 보고, 사지는 않는데 그냥 입어만 보는 거죠. 그게 나름 재미있어요. 뿌듯하고. 그런데 속상했던 게 살 빠지고 몸이 예뻐지고 하니까 주변에서 한결같이 '와, 남편이 좋아하겠네' 이래요. 아니, 운동은 내가 좋아서 하는 거지 뭘 남편 좋자고 해요.

이은경: 지금은 트레이너 일만 하는 게 아니라 경영에도 참여하고 계시죠. 어쩌다가 그렇게까지 하시게 된 건가요?

황지원: 제가 PT를 배웠던 코치님이 당시에 제가 다니던 헬스장 대표님이었는데, 그분이 다른 지점을 내려고 고민하던 시기하고 제가 운동에 재미를 붙이고 몇 년째 열심히 하던 시기하고 겹친 거예요. 같이 이야기를 많이 하다가 제가 은행 근무 경험도 있으니 전반적인 헬스장 살림살이도 돕고, 다른 지점을 경영하는 일을 함께 하게 됐어요. 헬스장에 매일 출근을 하고, 머무는 시간도 길어지니까 운동도 더 열심히 하게 되더라고요.

이은경: 대회도 준비하신다고 들었는데, 어떤 대회예요?

황지원: 예전에 보디빌딩 대회라고 부르던 게 지금은 통칭해서

피트니스 대회라고 불러요. 제가 나가는 종목은 비키니라고 해요. 이건 복싱이나 레슬링처럼 몸무게로 체급을 나누는 게 아니라 키나 나이로 체급을 나눠요. 저는 163cm 이하 체급이에요. 정통 보디빌딩은 근육의 데피니션(근육이 선명하게 나타나는 정도), 근육미, 발달 정도를 보는데 비키니나 스포츠모델은 건강미 정도의 근육을 보고, 힙 같은 곳에 어느 정도의 볼륨감을 더 보는 거죠. 과도하게 다이어트를 해도 안 돼요. 저도 하체운동만 2년 했어요. 근육이 요만큼이면, 거기에 곡선을 보태서 힙도 만들고 하는 거죠.

이은경: 처음 대회 나갔을 때 기억하세요?

황지원: 요즘에는 대회가 많으니까 입상 자체는 사실 어렵지 않아요. 문제는 거기에 나갈 때 자기 몸에 대해 얼마나 자기만족을 하느냐는 거죠. 첫 대회는 실력이나 준비나 이런 것보다 너무 긴장을 했어요. 어느 발부터 나가는지 연습을 다 하는데, 첫 걸음부터 실수할까봐 너무 떨렸어요. 오른발 나가는데 오른손이 같이 나가고, 로봇처럼 걸었죠. 무대로 나갔는데 정말 눈앞에 아무것도 안 보이더라고요. 어느 정도 시간 흐르니까 비로소 관중석 사람들도 보이고. 두번째 대회 나가면서부터 그제야 여유가 좀 생겼어요. 내가 이 나이에도 할 수 있구나 하는 성취감이 느껴졌어요.

이은경: 피트니스 대회에 참가 준비하고, 나가서 경연하고 하는 게 쉽지 않아 보여요.

황지원: 피트니스 대회 한 번 나가면 200만원 넘게 들어요. 개인 코칭 받으면서 운동하죠, 의상 준비하죠, 대회 당일에 메이크업 받고 헤어 하고 참가비 내고 돈이 꽤 들어요. 가끔씩은 저도 '내가 무슨 부귀영화를 누리자고 이걸 하나, 이 돈이면 맛있는 것 사먹거나 해외여행을 가지' 싶을 때도 있어요. 그래도 성취감에 하는 거죠. 내가 생각하는, 내가 만족하는 내 몸을 만드는 재미에.

이은경: 그냥 열심히 운동한다, 정도는 누구라도 목표로 삼을 수 있지만 대회까지 나가는 건 좀 겁나는 일 같아요. 저 같은 사람이 보기에는.

황지원: 제가 나가는 피트니스 모델 대회도 비키니 이런 거 아니고 레깅스 정도만 입고 나가는 분야도 있어요. 그런 정도만 목표를 잡고 하셔도 충분해요. 대회에 나가보니 47세, 48세도 나오세요. 저도 나이 많다고 움츠러들었는데, 나이 드신 분들이 오히려 더 악착같이 해요. 특별히 자격이 필요한 것도 아니고 누구나 나갈 수 있어요.

이은경: 헬스장에서 일하시니까 지금까지 회원들을

많이 지켜보셨잖아요. 어떤가요, 여자들은 주로 살 빼려고 온 사람들이 대부분인가요?

황지원: 젊은 사람들은 아무래도 다이어트나 예뻐지는 것에 관심이 많아요. 건강이나 자세 같은 다른 이야기를 해도 솔직히 귀에 잘 안 들어가는 느낌이에요. 30대 중반 이상으로 넘어가야 건강 쪽에 더 중심을 두는 것 같아요. 또 그 나이에는 건강 자체가 안 좋아진 사람들도 꽤 있고요. 아무튼 그 정도 나이는 돼야 어느 정도 외모나 체중감량이나 이런 부분을 내려놓고, 건강 쪽에 초점을 더 맞추는 경향이 있죠.

이은경: 남자들이랑 여자들이 운동하는 패턴이 또 다르죠?

황지원: 좀 안타까운 게, 헬스장에 오는 회원들 보면 남자들이랑 여자들이 운동하는 게 너무 극과 극이라서 우리끼리는 '38선 그어놓았냐'고 해요. 여자는 러닝머신 가서 유산소 운동, 남자는 제대로 하든 못하든 일단 무거운 기구 잡고 웨이트. 코치들에게 물어보는 걸 어렵고 무서워하는 건 남자나 여자나 똑같아요. 그런데 보세요, TV 보면서 러닝머신만 하고 PT는 비싸서 못 하겠고, 그러면 당연히 재미가 없어요. 그나마 친한 사람들이라도 있어서 얼굴 보고 수다 떠는 재미라도 있으면 모를까, 피트니스는 외로운 운동이잖아요. 어떻게 할지 방법을 모르는

사람들, 대부분의 여자 회원들이 그렇지만 이런 분들은 보통 와서 쭈뼛쭈뼛 있다가 재미없다는 표정으로 가요. 그러다보면 날 궂으면 가기 싫고, 컨디션 조금만 안 좋아도 쉬고 싶고, 나 혼자 하는 거라 안 간다고 누가 뭐라 하는 것도 아니고, 그러다 그냥 안 가게 되는 거죠. 대표님도 저한테 매일 그래요. 회원들한테 말을 자주 시키라고.

이은경: 경영하는 입장에서는 회원이 돈만 내고 안 나오면 좋은 것 아닌가요?(웃음)

황지원: 솔직히 말해서 단기적으로 보면 나쁘지 않아요. 하지만 장기적으로 봤을 때는 등록한 회원이 충분히 즐겁게 운동을 하고, 그렇게 주변에 소개도 하고, 혼자서 운동하던 사람이 PT도 받고 그렇게 연결이 되는 게 가장 이상적이죠.

이은경: 여자들이 운동하는 모습에서 아쉬운 부분을 좀 더 구체적으로 말씀해주신다면요?

황지원: 여자들이 헬스 싫어하는 이유가 '근육 생길까봐'예요. 분위기가 많이 변했다고 하지만 아니더라고요. 실제로 근육 안 생기게 해달라는 여자 회원분들이 너무 많아요. 그런데 여자는 기본적으로 남자만큼 근육이 잘 생기지 않아요. 시작하고 하체 운동을 하면, 이전에 꾸준히 안 하던 사람들은 근육통이 생기

잖아요. 그게 아프면서 딴딴해지는 느낌이 나는데, 그러면 근육이 커지고 다리가 굵어진다고 생각하고 겁부터 먹는 거예요. 서서히 지방이 빠지고 단단해지는 과정인데.

이은경: 기구 드는 것 자체를 무서워하는 여자 회원들도 있지요?

황지원: 맞아요. 근육도 싫고 기구도 무서우니 요가, 필라테스 이런 데로 자꾸 옮기면서 떠돌다가 다시 헬스장을 찾고, 그러다 재미도 못 느끼고 살도 안 빠지니 또 안 나가고, 이렇게 똑같은 잘못을 반복하기 쉬워요. 저는 지금도 덤벨 1kg 짜리 들고 운동할 때 많아요. 자세만 제대로 잡고, 원하는 부위를 정확하게 자극하면 돼요. 무조건 무거운 무게 들 필요 없어요.

이은경: 미리 겁부터 먹을 필요는 없다는 거군요?

황지원: 나이 좀 있으신 분들은 일단 "나는 안 돼. 나잇살이 있어서 안 빠져. 근육도 안 생겨" 막 그래요. 그러다가 제가 내 나이가 30대 후반이라고 얘기하면 깜짝 놀라세요. 저도 허리 이만했어요. 저 살쪘을 때보다도 훨씬 날씬한 분들이 계속 안 된다고만 그래요. 해보기도 전에 겁먹는 것, 그게 많은 여자 회원들의 문제예요.

이은경: 보통 헬스장에 대한 기억이라고 하면 등록만 하고 안 간 기억들이 많잖아요. 나중에는 너무 안 간 게 창피해서 기간 끝났는데 신발 찾으러도 못 간, 뭐 이런 기억이요.

황지원: 하하, 그런 분들 정말 많아요. 지금 우리 지점 들어오는 계단 앞에도 안 찾아간 신발들이 쌓여 있잖아요. 3개월 끊고 두 번 나온 분도 봤어요. 제가 운동을 해보니 일단 헬스장을 매일 나오는 게 제일 중요해요. 다른 것 다 안 하고 러닝머신만 해도 그걸 제대로만 하면 되거든요. 그런데 동영상이나 TV 보면서 건성건성 뛰다가 '나는 1시간을 러닝머신을 타도 살이 안 빠져요' 하는 분도 많지요.

이은경: 여자들은 정말 운동 그 자체보다도 다이어트에 많이들 집착하는데, 어떤 이야기를 해주고 싶으세요?

황지원: 사람들이 착각하는 게 '날씬한 것=몸무게'인데, 그건 아니에요. 여자들은 몸무게가 적게 나가야 날씬하다는 강박이 있으니까 몸무게 숫자에 되게 집착하거든요. 어떤 분들은 근육이 붙어서 몸무게가 늘어난다고 하는데, 그렇게 느는 분은 생각보다 많지 않아요. 대신 운동을 하고, 겉으로 보기에는 살이 빠져 보이는데 몸무게가 제자리인 경우는 꽤 많죠. 체지방은

빠지지만 몸의 수분이 늘고 단백질이 늘고 그런 경우죠. 그런데 그걸 못 참는 분들이 많아요. 약 같은 걸 먹어서 몸무게가 빠지는 건 몸에서 어떤 성분이 빠져나가는지 알 수 없는 거잖아요. 그런데도 몸무게가 줄어드니까 거기서 만족감을 느끼는 거죠.

이은경: 어떻게 하면 운동이 재미있어지고 제대로 할 수 있을까요?

황지원: 헬스도 배워야 돼요. 여자들이 축구나 농구 같은 걸 못하는 게 배운 적이 없어서 그렇잖아요. 남자들은 직접 하면서도 배우고, 하다못해 형들이 가르쳐주기도 하잖아요. 생각해 보세요. 수영장에서 자유수영을 하려면 일단 영법을 익혀야 하고, 그러려면 강습을 받아야 되는 건데, 헬스장에서 운동하는 게 이를테면 자유수영이에요. 그걸 제대로 하려면 먼저 배워야 돼요. 그런데 대부분이 회원권만 끊어서 우왕좌왕하잖아요. 피트니스가 쉽게 접근할 수 있는 건 장점이지만 쉽게 올 수 있다 보니까 제대로 배워야 한다는 생각들이 부족하다는 게 단점이기도 해요. 러닝머신도 걷는 방법, 속도 이런 걸 배워야 되거든요. 운동을 따로 배우는 게 너무 힘들 것 같고, 아플 것 같고, 정작 나와서는 뭘 해야 할지 몰라서 '덜덜이'(전동 벨트 마사지기)만 하고. 그게 안타까워요.

이은경: 이야기를 듣고 보니 운동 열등생의 눈물겨

운 성공 스토리 같기도 해요.(웃음)

황지원: 저는 뼈대도 가늘고, 근육도 많이 안 나오는 편이고, 또 남들보다 유연성은 너무 좋아서 기구를 들 때 넘어가면 안 되는 선 뒤로 팔이 막 넘어가고 그래요.(웃음) 운동하기도 힘든 체형에, 몸의 균형도 안 좋았고, 살이 찐 것도 고루 찐 게 아니라 배만 나왔었어요. 좋은 조건이 절대 아니었는데, 진짜 인간 승리죠. 제가 했으면 정말 다른 사람들은 다 되는 겁니다. 도전해보세요. 헬스는 결국 누가 얼마나 끝까지 참을 수 있느냐의 문제지 운동을 잘하고 못하고의 문제가 아니에요.

황지원 씨와의 인터뷰는 2018년 9월에 했다. 짐에 근무할 때 평범한 트레이닝복 차림으로 있기 때문에 피트니스 대회에 나갔을 때 모습은 어떤지 궁금해서 대회 때 찍은 사진이 있으면 보여줄 수 있느냐고 물어봤다. 그랬더니 황지원씨는 휴대폰을 열어서 최근 대회에 나갔던 사진을 보여줬다. 그 사진은 인터넷 포털사이트에 뉴스로도 올라왔다고 했다. 그러면서 약간 쑥스럽게 말했다. 피트니스 대회에는 경력이 오래된 상급 레벨의 선수들이 나가는 파트가 있고, 특히 남자 선수들은 엄청나게 잘하는 사람들이 많은데, 사진 기자들이 와서는 그런 남자 선수들은 안 찍고 여자부 사진만 찍었다고. 더구나 자신은 올해 막 대회에 나가기 시작한 초보라서 자기 사진만 나간

게 다른 선수들에게 뭔가 미안하기도 하고 그랬단다. 스포츠신문사에서 일했던 경험이 있는 나로서는 그 기자들이 왜 그랬는지 너무 잘 알고 있다. '비키니' '여자'라는 키워드에 그냥 무조건적으로 반응한 것이다. 미안한 마음이 든 쪽은 나였다.

우리가 운동을 하는 이유 중에는 건강해지고 싶다, 기분 전환을 하고 싶다는 것 외에 아름다운 몸을 갖고 싶다는 욕심도 분명 들어 있다. 그러나 그 욕망을 건강하지 않게 바라보게 하는 데는 여성의 몸을 이처럼 좋은 구경거리로 여기는 미디어와 사회의 시선이 톡톡히 한몫한다.

물론 황지원 씨는 그런 부분에 대해서는 크게 개의치 않았다. 피트니스 대회에 나가는 여자들은 누구에게 보여주려고 운동하고 몸을 만드는 게 아니라 스스로가 즐거워서 하고 있다고 했다. 황지원 씨는 2018년 9월 크리스찬 보디빌딩 선발대회 163 이하 체급에서는 당당히 1위를 차지했다.

왜 여자들이 스포츠 활동에 잘 참여하지 못할까요?

한국스포츠정책과학원 남상우 박사에게 묻다

내가 여자이기 때문에 운동을 하는 데 겪고 있는 불평등이 있다면 무엇일까?

사실 일상생활에서 우리가 스스로 이런 질문을 하는 경우는 거의 없다. 대부분 우리는 운동을 못 하는 이유가 '나 자신이 게을러서' 같은 개인의 의지력 부족과 게으름이라고 생각한다. 그래서 운동 이야기를 하면 주로 자책을 한다.

그래서 이번에는 운동과 불평등에 대해 주로 연구하고, 또 한국의 스포츠 정책에 대해 연구하는 박사님을 만나봤다. 내가 어떠한 불평등 속에서 운동을 하고 있었는지 좀 더 객관적으로 바라볼 수 있다면 새로운 관점에서 운동에 대해, 그리고 스포츠에 대해 생각해볼 수 있겠다 싶어서였다.

도움 말씀을 해준 남상우 박사는 한국스포츠정책과학원의 체육정책 연구위원이다. 그는 한국 스포츠의 '닫힌 시스템'에 대해 지적했다. 생애주기에 따라 스포츠를 마음껏 직접 즐길 수 있는 연령대가 40, 50대 이상으로 한정될 수밖에 없는 사회 환경, 그리고 엘리트 스포츠와 생활체육을 분리해놓은 운동 교육 시스템, 또한 여성에 대한 구조적 억압이 강하게 존재하는 문화적인 배경이 모두 '닫힌 시스템'을 부추겨 스포츠에 대한 장벽을 만든다는 것이다.

이은경: '한국스포츠정책과학원'이라는 이름이 굉장히 거창하게 느껴지는데, 이곳은 어떤 연구를 하

는 곳인가요?

남상우: '한국체육과학연구원'이라는 이름을 들어 보셨는지요. 우리나라 체육정책을 전체적으로 설계하는 파트, 국가대표 선수들의 경기력 향상을 돕는 스포츠과학 연구 파트가 주를 차지했던 곳입니다. 지금은 그 두 곳 말고도 '스포츠산업연구실'이 2014년에 만들어져 운영되고 있습니다. 아마 2014년인가, 그때 조직명이 '체육과학연구원'에서 '한국스포츠개발원'으로 바뀌었어요. 스포츠산업중장기 계획을 포함해서, 여러 스포츠산업 관련 연구로 세분화되기 시작했죠. 저는 이들 중 스포츠정책연구실에 소속되어 있습니다. 문화체육관광부, 대한체육회 등과 같이 스포츠 관련 법이나 행정체계, 제도개선과 같은 주제를 가지고 연구를 합니다. 이 세 가지 분야를 연구하는 곳이 지금의 '한국스포츠정책과학원'입니다. 한국스포츠개발원에서 이 명칭으로 지난 2018년에 바뀌었습니다.

이은경: 그럼 지금 박사님이 연구에 참여 중인 정책은 어떤 건가요?

남상우: 지금은 스포츠 클럽을 주로 맡고 있고요. 정권이 바뀌면 종합계획 같은 것을 세우는데, 앞으로는 그것도 맡아서 하라고 하네요.

이은경: 한국스포츠정책과학원의 연구원이니까 스포츠 관련한 정책을 연구하시는 건데, 혹시 여성과 관련된 정책도 있나요?

남상우: 정책이란 게 어느 정도는 포괄적인 것이라서 딱 여성에게만 초점을 맞춘 스포츠 정책이 따로 있지는 않습니다. 일전에 여학생 스포츠 활동 증진 방안 같은 정책연구가 있긴 했는데, 큰 실효성을 찾긴 어렵고. 최근에는 여자 축구 활성화 방안이라든지, 여성들이 지금껏 소외된 스포츠 분야의 진흥을 위한 연구가 간혹 이루어집니다. 이거 외에 특별히 여성만을 위한 관련 정책을 찾아보긴 좀 어렵습니다.

이은경: 여학생 스포츠 활성화 정책은 주로 어떻게 이루어졌나요?

남상우: 여학생 스포츠의 주요 무대가 학교잖아요. 정부가 칸막이화가 좀 심해서, 학교 관련된 스포츠 활동은 거의 대부분 교육부 소관이에요. 우리 연구원은 주로 문체부와 일을 많이 하기 때문에 여학생 스포츠 관련 정책은 우리가 많이 개입하거나 하지는 않고, 두 번 정도 연구되었는데, 앞서 말씀드렸던 것처럼 그렇게 실효성이 있지는 않았습니다.

이은경: 스포츠 관련 정책이라는 게 어떤 것이 있

을까요?

남상우: 일단, 제가 참여했던 부분을 자세히 설명하는 게 가장 쉬울 것 같네요. 현재 연구를 진행 중인 게 바로 스포츠 클럽 정책인데요. 생활스포츠 현장에 가보면 보통은 시설을 동호인들이 차지하고 있어요. 이게 장점도 있지만 단점도 많아요. 어떤 면에서는 거의 특정 동호인들이 시설을 독점하고 있기도 하고. 때로는 파벌 싸움도 있고, 그렇게 되면 운동하고 싶은 다른 사람들이 접근하기도 힘들어지는 상황이죠. 또한 동호인들이 대부분 신입 회원을 실력 좋은 사람들 중심으로 받는다 말이에요. 그러니 진입장벽이 높을 수밖에 없죠.

이은경: 특정 동호인의 권력화가 여성들의 생활체육 접근을 방해하는 요소가 되기도 한다는 거죠?

남상우: 여성들뿐 아니라 남성들도 그래요. 여성들에게만 초점을 맞춰보자면, 여성들이 스포츠 활동에 잘 참여하지 못하는 주된 이유는 다소 구조적이에요. 일상에서 스포츠 활동을 할 수 있는 기초가 지금은 동호인이잖아요. 그런데 거기 동호회에 들어가는 것 자체는 인맥 중심으로 이루어지고. 아는 사람에게 물어보면서 가게 되는데, 그러다보니 인맥 없으면 힘들 수밖에 없죠. 남자들도 힘든데 주부들이나 젊은 여성들은 더 힘들죠. 그러니까 여성들은 운동을 시작하려면 자꾸 사설로 빠져

요. 그러면 결국 돈 있는 사람만 하게 되잖아요. 저소득층이나 장애인 여성은 아예 접근 자체가 불가능해져요. 정부는 그런 사람들, 스포츠 취약계층이 운동에 쉽게 접근하게끔 돈을 대서 공공 스포츠 시설을 클럽으로 운영하겠다는 의지를 갖고 있죠. 거기에 이제 막 해당 운동을 시작한 '초심자'들도 쉽게 참여할 수 있게, 개방적인 스포츠 활동 공간을 많이 만들겠다, 이거죠. 그래서 독일처럼 취약계층이 등록을 많이 할수록 정부가 인센티브를 주는 거죠.

이은경: 말씀을 들으면서 궁금한 것은, 스포츠 클럽이라는 게 원래 자생적으로 생기는 것 아닙니까? 이게 왜 정책이 되는 거죠?

남상우: 자생적으로 해놓았더니 현재 생활체육 동호인 중심으로 지역 스포츠계가 고착화된 거죠. 1990년대의 문광부가 여가활동 증진을 목표로 동호인을 촉발했고, 이후 기하급수적으로 그 수가 늘어났어요. 문제는, 지역 내에서 지자체가 따로 관리하지 않고 자생적으로 뒀죠. 그게 자율적이라 본 거예요. 그러다보니 지금의 현상이 나왔어요. 남성 중심, 중장년 중심의 동호인 문화. 운동하고 술 마시거나 지역 권력층과 결탁해서 선거에 동원되거나 하죠. 지역에서 이런 동호인의 성향을 약화시키도록 통제를 할 수가 없어요. 지자체가 관리하려는 순간 세력화된 동호인들은 '투표할 때 보자' 이러니까요. 지금 우리가

진행하는 정책이 어떻게 보면 사회주의적일 수 있어요. 기존의 자율적인 개인들이 자신들의 노력으로 시설에 안착해서 운동하는데, 공권력으로 치고 들어가는 거니까요. 그런데 잘 생각해보면, 지역의 대부분의 스포츠 시설은 국가 지원으로 지어진 것인데, 왜 일부 동호인이 독점하느냐, 이건 문제죠. 실제로 엄청 반발이 심해요. 공공 스포츠 클럽 하겠다고 하면 동호인들이 와서 따지고, 지역체육회 쪼고 그런 거죠. 지금도 어려운 곳은 어렵죠.

이은경: 본격적으로 스포츠 클럽 정책을 시작한 게 언제부터죠?

남상우: 2005년 문광부에서 한국형 스포츠 클럽을 만들어보자 해서 처음 논의가 되었죠. 이후 시범 사업을 계속해왔고요. 지금 하고 있는 공공 스포츠 클럽이라는 명칭과 형식은 2013년부터 본격적으로 했어요. 스포츠 클럽이라는 개념을 갖고 정책을 시작한 건 2010년쯤부터고요.

이은경: 말씀하신 정책의 내용이나 용어는 얼핏 들어봤던 기억이 나요. 그렇지만 정작 우리 동네에서는 공공 스포츠 클럽이란 걸 본 적이 없는데요?

남상우: 없을 수밖에요. 지금 전국의 시군구가 228개인데 공

공 스포츠 클럽이 시행되는 곳은 겨우 90개예요(2019년 기준). 처음에는 지자체에서 이해를 못 해서 신청이 안 들어왔고요. 또 지자체 선거 있고 그러면 눈치 보죠. 지자체장이 확정이 돼야 사업을 진행하니까. 그런데 국민체육진흥법 개정 후에는 지자체도 투자가 안 돼서 돈을 벌어야 하는 처지가 됐잖아요. 그러면 회원 중심으로 가야 돈이 걷히고, 결국 스포츠 클럽이 활성화돼야 해요. 지역별로 개별 종목의 클럽을 만들어서 만약에 회원 당 월회비가 3만 원이다, 그러면 그중 10퍼센트는 공익적 목적으로 납부하는 거예요. 일인당 3천 원이 지역 배드민턴 협회 같은 곳으로 가는 거고, 정부는 그런 클럽 시스템을 갖춘 곳에 용품이나 국가대표 선수들의 레슨이나 이런 걸 지원하는 거죠. 그런 걸 주입시키는 게 지금 본격적으로 시작해야 할 일입니다.

이은경: 더 구체적으로 말해주신다면 어떻게 운영이 되는 건가요?

남상우: 전국 시군구 228개에 하나씩 공공 스포츠 클럽을 설치하는데, 한 클럽당 운영종목이 다섯 개예요. 이를 '종합형 스포츠 클럽multiple sport club'이라 합니다. 종목 선정의 최우선 순위는 공공성을 띠는 종목, 그리고 많은 사람들이 참여할 수 있는 종목 이런 게 되죠. 축구, 배구를 비롯해서 동호인 수요가 워낙 많은 탁구나 배드민턴, 거기에 민속 스포츠도 가능하고

요. 중요한 건 시설이 있어야 하잖아요. 그래서 지자체 도움이 필요하죠. 지금 대부분의 지자체가 학교라든가 시립 및 공공체육관 등 시설을 갖고는 있는데 원활하게 운영이 안 되죠. 공무원들이 관리하니까. 보통 이분들 출퇴근 시간이 오전 9시부터 오후 6시까지라고 한다면 운동시설은 이런 패턴의 공무원이 관리를 할 수가 없어요. 일반 시민들이 운동하는 시간은 출근 전 새벽이나 퇴근 후 저녁인데, 새벽 6시부터 밤 11시까지 열어야 된다는 거죠. 그래서 이걸 직영업체에 맡기는 거예요. 스포츠 클럽에 위탁을 줘서 운영할 수 있게끔, 저렴하게. 이런 운영자를 스포츠 클럽 매니저, 사무국장이라고 부르고. 맡은 업체들이 지도자들도 데리고 오고, 프로그램도 만들고 이렇게 운영하는 거죠. 이 사람들은 새벽부터 밤까지 운영 잘합니다. 지금 대표적인 성공 케이스가 서울 마포구예요. 시설이 점점 늘어나서 지금 마포구에만 26개 정도 클럽을 돌리고 있어요.

이은경: 스포츠라는 것 자체가 사실 불평등한 부분이 많죠. 성별이나 계층에 따라 접근할 수 있는 폭도 다르고, 또 애초에 사람마다 타고난 운동 능력부터 차이가 크지 않습니까. 정책연구원이시니까, 아무래도 스포츠 정책이란 게 그런 불평등을 최대한 비슷하게 맞춰주는 쪽에 중점을 두시는 건가요?

남상우: 네. 그런 쪽에 중점을 두죠. 특히 이번 정부는 그런 쪽

에 맞추는 성향이 더 강해졌어요. 장애인 체육이랄지 그런 부분들이요. 돈 있는 분들이야 비싼 운동도 알아서 잘하시죠. 그런 분들을 위한 정책까지는 만들기 어렵고. 우리는 노인이나 운동 취약계층을 끌어안는 부분에 신경을 쓰죠. 말씀드렸던 스포츠 클럽 정책에서도 먼저 회원 모집에서 다양한 세대가 모이도록 가족 단위로 회원이 들어오면 혜택을 더 줘요. 지금 우리는 옆집에 누가 사는지도 모르고, 심지어 가족 안에서도 소통이 없어지고 있잖아요. 전반적인 사회자본 자체가 떨어지는데, 이런 부분을 높이려면 사람들을 모아서 다양하게 만나게 해줘야 해요. 지역의 사랑방 역할을 스포츠 클럽이 해주는 거죠. 힘들지만 될 거라고 봅니다.

이은경: 아까 동호인의 권력화 이야기도 하셨지만, 사실 공교롭게도 남녀 모두 50대 이상 세대의 동호인들이 가장 좋은 시간대에 시설을 독점하고 있는 현상이 비일비재하죠. 취약계층을 지원하기 위해서 만든 정책을 이용한 또 다른 기득권이 나왔다고 할까요.

남상우: 안타깝죠. 한국 사회에서는 생애주기적 스포츠 활동 참여 경향이 비교적 뚜렷해요. 10대는 주로 학교에서 놀아서 지역으로 나올 일이 없고, 운동을 해도 학교 운동장에서 주로 하죠. 20대도 대학생은 학교에서 공부하느라, 일하는 20대는

일 하느라 바쁘고요. 사실, 스포츠 소외계층 이야기를 많이 하는데, 우리나라에서 대표적인 스포츠 소외계층은 이들 청년 세대, 대학생부터 29세인 취업 초기까지입니다. 고등학교까지 학교 스포츠 클럽 즐기다가 여기서 딱 끊겨요. 30대 역시 대부분 취업 준비하거나 회사에서 일하거나 하느라 운동과 멀어지고. 40대 이상, 남녀 모두 그 나이가 되어야 여유가 좀 생겨요. 그러면서 동호인 생활을 시작하고, 주류를 차지하면서 시설에 눈독 들이고 그렇게 되는 경로죠.

이은경: 한국의 생활체육시설이 절대적으로 모자란가요? 동네 학교 체육관이나 사설 헬스장, 피트니스 센터 규모만 봐도 나쁘지 않은 수준 아닐까요?

남상우: 통계상 한국의 국민 일인당 체육시설 면적이 1평 정도예요. 싱글침대 2개를 붙인 크기가 내가 쓰는 체육시설 면적인 셈이죠. 선진국은 1.9평이에요. 침대 4개를 붙인 크기. 이게 어느 정도 크기냐면, 앉아서 스트레칭만 할 수 있느냐, 탁구를 할 수 있느냐의 꽤 큰 차이입니다. 한국은 시설 자체가 적다기보다도 효율성 문제가 크죠. 제일 접근성 좋은 학교 체육시설은 학교에서 잘 개방을 안 해요. 책임 여부가 학교장에게 있으니 학교에서는 소극적이에요. 개방한다고 인센티브가 있는 것도 아니고. 일단 학생들이 저녁에는 학교에 없으니까 그 시간에 생활체육, 클럽 시설로 활용하면 되는데 그게 힘들어요. 동호인

들이 효율적으로 사용할 수 있게 하고, 그 사용료를 학교에도 나눠주고 하면 윈-윈인데 말이죠. 학교 측 협조가 가장 풀기 어려운 숙제예요. 물론 학교 쪽도 이해는 됩니다.

이은경: 50대 이상 연령대의 운동 참여율을 보면 여성이 더 높죠. 여자들이 운동을 싫어하는 게 아니라는 증거인데, 왜 어릴 때는 여성의 운동 참여율이 크게 떨어질까요?

남상우: 학교체육 관련해서 젠더 연구를 해보면, 여학생들이 학교에 다닐 때 활발하게 뛰거나 신체활동을 잘 못하는 이유가 타인의 시선을 많이 의식하기 때문이에요. 뛸 때 신체 특정 부위가 신경 쓰이거나 격렬하게 운동하면 예쁘게 보이지 않는다는 생각이 강하죠. 한 논문에서 쓴 내용인데, 중고등학생 이상이 되면 남학생은 남성성, 여학생은 여성성이 커져요. 남자는 남성성을 과시하려는 욕구가 강한 반면, 여학생은 여성성을 지키려 하죠. 특히 이런 여성성이 운동을 하면 파괴될 거라고 생각해요.[1] 아무리 아니라고 해도 그런 인식이 내면화되어 있는 거예요. 그러다가 30대 이상이 되면 출산과 육아로 운동과 멀어지죠. 결국 40대 후반이나 50대가 되어야 아이들을 다 키우고, 또 결정적으로 결혼과 육아를 한 여성들은 외부 시선에서 그제야 좀 자유로워져요. 건강에 대한 관심사도 커지고요. 또 하나, 50대 이상이 되면 외로워지죠. 부부관계도 소원해지

고 아이들은 사춘기거나 성인이 되었거나 하니 친구를 만들기 위해서라도 운동을 하는 거예요. 결국 50대 이상 중장년층만이 남녀 모두 운동을 가장 적극적으로 할 수 있는 연령대라는 점에서 '중장년 동호인의 권력화'라든가 '운동하러 모이는 곳이 불륜의 장'이라거나 하는 식으로 동호인 체육이 뭔가 '음지' 이미지가 생기게 됩니다. 그래서 정책적으로 현재의 동호인 문화에 좀 더 적극적으로 개입하려는 의지가 있는 겁니다. 개인 권리를 어떻게 침해하느냐는 의견도 있는데, 그래서 우리는 '넛지 nudge 전략'이라고 해서 대놓고 통제하는 게 아니라 은근슬쩍 관심을 갖고 들어오게 하려고 해요. 인센티브 주면서 청소년과 여성도 적극적으로 끌어들이고요.

이은경: 동호인들이 이렇게 세력화되는 양태를 보이는 현상이 다른 나라에도 있나요?

남상우: 다른 나라에는 동호인이라는 것 자체가 없어요. 스포츠 선진국에서는 그냥 클럽이 운영되는 거죠. 그걸 우리말로 번역해서 가져온 게 동호인인데, 그 양상이 완전히 달라요. 일단 외국에서는 우리처럼 특정 성별, 연령대가 독점하지 않아요. 가족 단위가 쓰거나 여러 세대가 아울러서 사용하죠. 우리는 학교 교육과정, 학원 같은 사교육이 워낙 빡빡하니까 학생들은 생활체육에서 아예 빠져 있고, 그걸 어른들이 독점하는 거죠.

이은경: 스포츠 선진국이라는 용어가 기사에서도, 정책이나 연구에서도 정말 많이 쓰이는데 대체 스포츠 선진국의 정확한 기준이 뭔가요?

남상우: 제가 지금 하고 있는 다른 연구 중 하나가 바로 그 부분이에요.[2] 스포츠 선진국이 과연 뭐냐는 거죠. 1970, 80년대에는 한국에서 흔히 쓰이는 스포츠 선진국의 기준이 동독이었어요. 메달 많이 따는 곳, 스포츠과학 잘하는 곳, 선수촌 잘 갖춰진 곳. 그래서 그렇게 되려고 많이 따라갔죠. 그런데 지금의 스포츠 선진국이라고 하면 독일이에요. 유럽 대부분의 나라처럼 스포츠 클럽이 잘되어 있는 곳이죠. 그 키워드는 '오픈 시스템'이에요. 적어도 지금 우리처럼 학교에서만 폐쇄적으로 전문 운동선수를 길러내는 시스템은 아닌 거죠. 우리나라는 올림픽 나가려면, 즉 국가대표가 되려면 학교 운동부에 가입하는 경로를 거쳐야 합니다. 그런데 선진국에서는 지역 내 다양한 스포츠 클럽에서 활동하면서도 올림픽까지 갈 수 있어요. 그뿐인가요. 이런 경우도 있어요. 내가 운동이 너무 좋다, 이 길로 가고 싶다 하면 1년 휴학하고 클럽에 가서 운동만 하는 거예요. 그런데 해보니까 이건 아닌 것 같아, 그러면 다시 학교로 가는 거죠. 운동은 그 클럽에서 다시 취미로만 하고. 그야말로 열린 시스템이죠. 우리나라 운동부는 운동만 시키는데도 불안해서 연습량을 무조건 늘려요. 하루 다섯 시간만 해도 세계적인 수준이 되는 게 가능한데 열 시간씩 돌리는 거예요. 지도자들이 과

학적으로 지도하면 무조건 오래할 필요는 없어요. 이런 방식을 과학원 스포츠과학실에서 태권도 대표팀에게 직접 적용해 본 적이 있어요. 처음에는 지도자들 반발이 엄청났죠. 그런데 리우올림픽 가서 금메달을 따왔잖아요. 그제야 되는구나 해요. 지도자들이 과학적으로 공부하면 선수들도 여유가 생겨요. 선진형 스포츠 클럽, 그 핵심이 뭐냐면 아까 말했듯 열린 시스템이면서 세대가 어우러지는 시스템인 거예요. 우리나라는 젊은 사람들 인식 자체가 노인들이 '노땅'이고, '내 세금 빼먹는 사람'이죠. 세대갈등이 심해요. 그런데 독일에서는 스포츠 클럽에 가면 노인들이 있고, 아이들이 와서 같이 놀아요. 노인들에게 운동 배우고 함께 이야기하면서 그분들의 '지혜'를 배우죠. 성별이나 세대 역시 어느 한쪽으로 몰려 경직된 게 아니라 유연하고 열려 있죠. 그런 게 스포츠 선진국이라고 봐요.

이은경: 결국 닫혀 있는 시스템이 될 경우 생활 스포츠에서도 남녀 성별이 갈라져 대립한다거나 세대별로도 갈등하고 특정 성별이나 나이 대를 못 들어오게 폐쇄적으로 변하거나 할 가능성이 커진다는 말씀이시죠?

남상우: 그렇죠.

이은경: 지금 우리 사회에서 스포츠를 대하는 문

화 중에서 그런 부분도 도드라진 것 같아요. 여자가 운동을 한다고 하면 먼저 '못한다'고 일단 비웃죠. 그런데 또 남자가 잘 못해도 '찐따' 취급을 해요. 스포츠 자체에도 능력주의가 엄청 심하다고 할까요.

남상우: 스포츠에 국한된 게 아니라 그 상위의 전반적인 문화 자체가 그런 경향이 있어요. 게다가 스포츠라는 활동이 기량과 성적으로 줄을 세우는 능력주의 성향이 굉장히 강하잖아요. 프로에서는 1등만 하면 다 용서되는 문화까지 있고. 어릴 때부터 그런 문화에 익숙해지니까 어린 남학생들 사이에서도 축구 못 하면 무시하고, 얌전히 배드민턴 하면 '계집애'라고 놀리고 그런 문화가 생기는 거죠.[3] 여자는 더 심해요. 남학생들 사이에서 여자애가 운동한다고 하면 일단 무시하고, 그런데 또 운동을 아주 잘하는 여자애가 있으면 그것도 또 싫어해요. 자존심 상하니까. 그런 문화에 어릴 때부터 젖어들고, 성인이 되면서 그 성향이 더 강해지죠. 이게 바뀌려면 결국 상위 문화부터 바뀌어야 할 필요가 있어요.

이은경: 프로스포츠 중에서도 여자 스포츠 선수들은 유독 외모로 평가받는 경향이 강하죠. 특히 골프의 경우 성형수술이 보편적으로 받아들여질 정도로요.

남상우: 한국 여자 골퍼들이 메이크업을 진하게 하거나 성형을 하는 현상은 외국 학계에서도 관심을 가져요. 여자 골퍼들이 왜 그런가요? 결국 성형하고 꾸미지 않으면 스폰서가 떨어져나가기 때문이잖아요.

이은경: 개인적으로 궁금한 점인데, 여자 골퍼들에게 지도자들이 성형을 하라고 강제하는 건 아니지 않습니까. 골프를 잘 치는 여자 선수들이 외모도 잘 꾸며서 돈도 많이 벌고 골프 인기를 높이는 게 꼭 나쁜 건가요?

남상우: 그 지점이 굉장히 중요하죠. 제가 과거에 연구한 여러 주제 중 하나인데, 사회학에서 나오는 구조적 억압이 바로 거기에 해당하죠. 그 누구도 여자 선수들에게 성형하고 꾸미라고 대놓고 강요하지는 않았어요. 그런데 여자 선수들은 자신들이 여자라는 이유만으로 괴로워합니다. '내가 너무 살이 쪘나?' '성형을 더 해야 하나?' 그런 생각으로요. 누구도 공식적으로 강요하지는 않았지만 전반적이고 암묵적인 분위기 탓에 '여자 선수는 예뻐야 한다'고 억압받는 거죠. 이런 걸 '개인적 환원주의'라 합니다. 개인 탓으로 돌리는 거예요. 실제는 구조 탓인데. 골프라는 분야가 또 독특한 게, 지금 골프장에서 캐디들 대부분이 여성이잖아요. 젠더 차원에서 연구할 만한 주제예요. 이를테면 60대 이상 남성 아마추어 골퍼들은 무조건 여자 캐디

만 찾아요. 제가 했던 인터뷰 중에서 어떤 남성 캐디의 증언에 따르면 '60대 이상 남성 고객 중에 나한테 불알 달고 있으면서 왜 이 짓을 하냐며 화를 낸 사람도 있었다'고 하더라고요.

이은경: 스포츠라는 분야에서 이렇게 여자라서 당하는 구조적 억압이 여러 종류로 존재하는 거네요.

남상우: 제가 했던 연구 중에 그런 게 있었어요.[4] 스포츠댄스에서는 남녀가 파트너를 이뤄야 하잖아요. 그런데 여자 선수는 많은 반면 남자 선수는 적어요. 그러니까 대회에 나가고 싶은 여자 선수들이 기를 쓰고 남자 파트너를 찾아야 되는 거예요. 자기보다 못하는 남자 파트너가 대부분임에도 그 남자 파트너의 기량에 맞춰 안무 짜고, 훈련이나 여러 사소한 것까지 그네들 비위를 알아서 맞춰야 하죠. 남자 선수 빼오느라고 다른 학원과 싸움이 나기도 하고요. 그런 현상도 넓게 보면 여성들이 당하는 구조적 폭력structural violence이에요. 직접적인 가해자는 없는데, 피해를 입는 상황. 여성들은 본인이 여성으로 태어났다는 것만으로 댄스스포츠계에서 폭력을 당하는 상황이죠. 다른 시각에서 볼 때 댄스스포츠나 발레, 승무원처럼 여초현상이 심한 집단에서는 오히려 남성들이 '유리천장'으로 억압받는 게 아니라 그저 남자라는 이유만으로 더 빨리 승진하고 대접받는 '유리 에스컬레이터glass escalator'를 경험합니다. 손쉽게 높은 지위까지 올라가는 거죠. 대학교 발레 전공자 중에서

남자가 들어오면 일단 교수가 황태자처럼 받들어주면서 제발 나가지 말라고 하면서. 나중에 교수 임용도 발레리노들이 훨씬 유리하다고 하죠. 스포츠에서도 이처럼 유리 에스컬레이터 현상이 나타나는 사례들이 꽤 있을 거라고 봅니다.

이은경: 프로 스포츠 안에서 젠더와 관련한 또 다른 연구 주제가 있다면 어떤 것일까요?

남상우: 제가 관심을 갖고 연구 중인 또 다른 주제 중에 이런 게 있어요. 이른바 '엄마 리더십'이죠.[5] 저번 시즌 프로배구에서 우승한 흥국생명 박미희 감독, 잘 아실 거예요. 그분의 기사를 찾아보면 꼭 '엄마 리더십'이라는 수식어가 붙어요. 정작 박 감독은 그 말을 싫어한다고 하는데도 그래요. 도대체가 엄마 리더십이 뭘까요. 여성이라 부드럽고 따뜻하게 선수들을 보듬고 소통한다는 건데, 소통 안 하는 리더십이 어디 있습니까? 우리나라에서 스포츠 지도자와 관련한 리더십 기사를 보면 명확한 데이터나 자료에 근거한 게 아니라 기자들이 어떤 '느낌적인 느낌'으로 만든 단어를 붙여서 만들어낸 기사가 대부분이에요. 여자 감독이니까 엄마 리더십이라고 붙인 거죠. 리더십에 관한 분석이나 연구가 과학적인 자료에 기반하고 있다면 나올 수 없는 말이에요.

이은경: 여성 지도자를 설명할 때는 '여성 특유의 섬세함' 이런 말도 꼭 들어가죠. 털털한 여자 지도자, 섬세한 남자 지도자도 흔한데 말이에요.

남상우: 엄마 리더십과 관련해서 특이한 점이 또 있어요. 유독 프로야구 류중일 감독(현 LG 트윈스 감독)만 남자이면서도 엄마 리더십이라는 말을 붙이더라고요. 그분이 다른 감독들에 비해 부드러운 성격이라고 하던데 그래서일까요. 이것도 젠더 이슈가 있어요. 여자한테는 그냥 여자라서 엄마 리더십이라고 붙이고, 남자 지도자에게 엄마 리더십을 붙일 때는 '의외의 면모네'라며 더 치켜올려주는 뉘앙스가 있죠. 이중 잣대입니다. 성공한 지도자에게 엄마 리더십이라고 갖다붙이면 그나마 다행이에요. 실패한 여자 지도자에게는 대뜸 '여자가 그렇지 뭐' '전략도 없고' 이렇게 나와요. 이런 식으로 미디어가 붙이는 포장들, 엄마 리더십이란 말이 실제로 어떻게 쓰였는지 실제 구성요소도 있어요. 그런 것들을 밝혀낸 연구도 있습니다.

남상우 박사와의 인터뷰는 2019년 5월에 진행했다. 남 박사는 한국의 생활체육 시스템에 관한 전문가이며, '생애주기에 따른 생활체육 접근도 차이'에 대해 분명한 문제의식을 갖고 있었다. 남녀를 구별 짓지 않더라도 한국에서는 50, 60대 이상의 연령층이 생활체육시설에 대한 접근도가 높고, 이른바

'권력'이 강해지는 현상에 대해 남 박사는 분명히 "없어져야 할 현상"이라고 지적했다.

남 박사와의 인터뷰를 통해 스포츠에서 상대적으로 선택의 기회가 적은 '약자'와 그들의 권리에 대해 다시 한번 생각해 보는 계기가 됐다. 이를테면 엘리트 운동선수가 되고 싶어하는 학생들 중에서 운동에만 '올인'하지 않고 운동도 해보고, 공부도 해보면서 생각할 기회를 가질 권리. 한국의 '학생 선수'들에게는 확실히 그런 부분이 취약하다.

여자들도 그렇다. 여자 선수들만 느끼고 있는 '구조적 억압', 대표적으로 외모에 대한 강박이라든가 여성 지도자들을 둘러싼 편견 탓에 공고하게 유지되고 있는 유리천장이 그 예다. 그런데 구조적 억압은 비단 엘리트 선수에게만 있는 것은 아니다. 평범한 여자들조차 '운동 열심히 해서 어디 내놓아도 부끄럽지 않은 몸매를 만들어야 한다'는 강박에 시달리고 있지 않은가. 무엇이 우리를 약자로 만드는가. 또 무엇이 우리를 보이지 않게 옭아매고 있는가.

주

1 남상우 (2016) 「운동장에서의 젠더 중심화와 주변화: 중학생들의 체화된 젠더 질서 사고방식」 『한국스포츠사회학회지』 29(3), 133-151.

2 남상우, 이해령 (2019) 「스포츠 선진국 개념의 시대별 변천과 용법적 맥락 탐색」 『한국스포츠사회학회지』 32(3), 1-21.

3 남상우, 이창섭 (2006)「학교에서의 신체활동과 젠더의 재생산」『한국스포츠사회학회지』 19(3), 441-458.

4 김대희, 남상우 (2018)「댄스스포츠 연구 분야에 대한 종합적 정리 및 사회학적 주제 도출」『한국스포츠사회학회지』 31(3), 43-66.

5 남상우 (2019)「스포츠에서의 엄마 리더십 맥락화: 엄마 리더십 개념의 계보와 용법, 구성요소 탐색」『한국체육학회지』 58(5), 61-70.

못해도 재미있는 운동이 야구라고요?

사회인 야구팀 히로인즈에 묻다

야구 동호인 리그는 다른 종목에 비해 리그 운영이 다소 독특하다. 야구를 좋아하는 사람들이 야구장을 중심으로 모이기 때문이다.

한국의 동호인 야구 현황에 대한 공식 통계는 없지만, 2017년 기준 활동 회원 약 27만 명, 팀은 1만8200여 개다. 동호인 야구는 야구장 사업 주체가 자신들의 야구장에서 리그를 치를 팀을 모으는 형식으로 리그를 운영한다. 한 경기장에서 1년에 팀당 12~15경기 정도가 열리고, 동호인 한 명당 250~350만 원 정도를 낸다(스포츠경향 2017년 6월 28일 「덩치 커진 사회인 야구, 흥행홈런을 위한 조건」 기사 참고).

전국에 있는 야구장은 총 752면이다. 야구장은 전국에 고루 퍼져 있는 것과 달리 야구 동호회의 약 70%가 수도권에 몰려 있다(연합뉴스 2016년 7월 8일 「사회인 야구장 너도나도 조성… 경제성은 '글쎄'」 기사 참고).

이러다보니 야구 동호인은 많은 데 반해 교통이 편하고 시설이 좋은 야구장은 모자란 게 현실이다. 이런 현실에서 여자 야구 동호인들이 가장 큰 어려움으로 꼽는 게 바로 '야구장 구하기'다. 야구장 시설 자체가 충분하지 않은데, 그나마 있는 야구장을 먼저 선점하는 쪽은 아무래도 역사가 오래되고 인원수가 더 많은 남자 동호인 팀이다. 여기에 용품부터 코칭 방식까지 모두 남자를 기준으로 하고 있어 여자 동호인들이 더 힘든 종목이 바로 야구다.

인터뷰를 위해 만난 여자 야구 동호회 '히로인즈'는 역사

가 오래되지 않았고, 아직은 리그 우승을 노릴 만큼 전력이 강하지 않은 팀이다. 그럼에도 불구하고 이 팀이 동호인들을 끌어들이는 가장 큰 매력은 '훈련할 수 있는 경기장'이라고 했다.

히로인즈의 주장 정민지 씨와 먼저 이야기를 나눠봤다.

이은경: 히로인즈 팀 선수들은 나이 대가 주로 어떻게 되나요?

정민지: 저는 1987년생이고요. 저희 팀에는 열여덟 살부터 쉰 살까지 다양한 연령층이 모여 있어요. 주로 서울 소재의 야구장에서 훈련하는데 주말이 되면 다른 도시에서 서울까지 오는 분들도 있어요. 열정이 대단해요 다들.

이은경: 민지 씨는 언제부터 야구를 시작하셨어요?

정민지: 4년 정도 됐어요. 야구동호회는 스물일곱 살 때부터 했고요. 제가 체육학과를 나왔는데 사무직을 하다보니 운동이 다시 하고 싶어서 찾아보다가 야구팀을 발견했어요. 저는 대학 때 소프트볼을 배우긴 했지만 야구는 동호회에서 처음 배웠죠. 지금 팀에서 포지션은 1루수를 보고 있어요.

이은경: 다른 분들은 어떤 계기로 찾아오신 걸까요?

정민지: 학교 다닐 때, 사회생활 하면서, 또 결혼하고 애 키우면서 그렇게 내내 운동을 전혀 못 하다가 야구가 하고 싶다는 생각만으로 검색을 하거나 모집 당시 현수막을 보고 찾아오신 분들이 많아요. 프로야구 인기 많아지고 그러면서 호기심이 생긴 경우도 있고 그렇더라고요.

이은경: 체대 출신이면 일단 운동신경하고 기본기가 있을 텐데, 나보다 못하는 사람들이랑 같이 하는 게 쉽지 않을 것 같은데요?

정민지: (웃음) 우리는 엘리트 체육이 아니니까 그런 건 없어요. 제가 지금 미술학원 가면 그림 진짜 못 그리겠지만 즐겁게 배우고 그리겠죠. 그런 거예요. 저는 실력 차가 좀 나는 구성원들이 팀에 모여 있는 것에 대해 긍정적이에요. 저희 팀에는 야구 초보들도 많고 나이 있으신 분들도 많지만 열심히 연습하고 실력 늘어가는 걸 보면 밝은 미래를 생각할 수 있을 정도로 긍정적이에요. 다른 팀들은 트레이드도 하고, 경력자 우대도 하고 그러는데 우리는 지금 가르쳐주시는 분이 초심자들을 더 키우고 즐겁게 하자는 주의예요. 우리는 일부러 더 야구를 안 해본 사람 뽑아요.

이은경: 여자 사회인 야구 리그에도 참가한다고 들었어요. 그런데 초보자들이 많다면 아무래도 성적

이 좀…?(웃음)

정민지: 우리 팀이 생긴 지 3년차인데, 올해 처음 리그를 등록해서 지금까지 4승 1패예요. 서울시야구소프트볼협회 몇몇 분들의 후원으로 팀이 만들어지고 매주 직접 오셔서 초보자부터 일일이 가르쳐주시고 하니까 우리끼리 하는 것보다는 성장이 빨랐죠.

이은경: 연습할 곳은 어떻게 준비하세요? 어렵지는 않으세요?

정민지: 협회 등에서 도움주시는 분들 덕분에 우리는 연습 구장을 비교적 쉽게 잡아요. 복 받은 거죠. 저도 이 팀 오기 전에 1년 정도 다른 팀에 있었는데요, 보통 초등학교 운동장이라도 잡히면 완전 대박이고 공터 같은 데서 겨우 해요. 그런데도 두 시간에 10만 원 이상씩 내야 쓸 수 있어요. 남자는 사회인 야구 동호회가 많잖아요. 또 남자팀은 팀별로 회원 수가 많고요. 그런 데서 1년 치를 미리 선점해서 리그를 운영하거나 게임을 하고 훈련을 해요. 그래서 머릿수에서 밀리는 여자팀은 하기가 더 힘들죠. 상대팀 구하는 것이나 장소 구하는 것이나 둘 다 쉽지 않아요.

이은경: 그러면 훈련은 얼마나 하시는지 궁금하네요.

정민지: 보통 일요일 오후 2시부터 연습 시작인데 한 시간 전에 와서 몸 풀기를 끝내요. 저쪽에 캐치볼 하는 사람들 보이시죠? 취미반(초보팀)은 코치님들이랑 별도로 기초부터 훈련을 하고 그러다가 실력이 올라왔다 싶으면 선수반에 들어와서 제대로 게임에 투입이 되는 거예요. 훈련은 그렇게 두 파트로 나눠서 진행하고요. 하다보면 해가 긴 여름에는 6시 넘어서까지 계속하죠. 웬만한 일 있지 않으면 훈련은 매주 꼬박꼬박 해요. 명절 때도 기혼인 분들까지 다 나오겠다고 하고 장난 아니에요.(웃음)

이은경: 결혼하고 애 키우는 사람은 운동할 시간 내기가 진짜 쉽지 않은데, 그래서 여자 운동 동호회는 주로 비혼이거나 아예 애를 다 키웠거나 이렇게 두 부류가 모이지 않나요?

정민지: 아니에요. 아직 어린 애를 키우는 워킹맘들도 꽤 계세요. 저도 체대 나오고 운동했던 사람인데 그런 입장에서 봤을 때 너무 놀라웠고 '더 열심히 해야겠구나' 생각한 부분이에요. 저는 술 마시거나 그러면 훈련 날 아침에 '아, 일어나기 싫다' 정도가 귀찮은 건데 그분들은 얼마나 많은 힘든 일을 다 이겨내고 나오시는 거예요. 그 열정이 상상 이상이고요. 시합 때 일고여덟 살 정도 아이 데리고 오는 분들도 많아요. 지금 연습 게임하고 있는 저쪽 팀은 리그 경기하는 날 덕아웃에 아이들이 바글바글해요. 흔한 풍경이에요.

이은경: 야구라는 게 프로 경기에서 나오는 선수들 플레이는 너무 멋져 보이지만, 그 이면에는 또 고된 훈련을 견뎌내야 한다는 진실이 있지 않습니까? 나이가 40대 이상의 여성들이 훈련을 견뎌 내기가 쉽지는 않을 것 같은데요?

정민지: 하하, 어머니들이 강하잖아요. 오히려 20, 30대보다 더 이 악물고 하는 게 보여요. 지금 저보다 나이 많은 팀원들은 모두 어릴 때 학교에서 야구를 배워본 적이 없는 분들이에요. 그러다가 결혼하고 애 낳거나, 회사나 집에서 일도 많이 하고 그렇게 살아왔잖아요. 그런데 야구를 하면서 내가 주체가 되어서 금기에 도전한다고 해야 할까, 이전에 생각하지 못했던 일을 하는 데 보람을 느끼는 분들이 많아요. 저도 사실 처음에는 '아줌마들이 뭐 얼마나 하겠어?'라고 생각했어요. 그런데 제가 너무 안일하게 생각한 거였더라고요. 지금 취미반에도 나이 좀 있으신 분들이 있고, 선수반에도 계세요. 우리 팀만 그런 게 아니에요. 아마 전국적으로 여자 야구 동호인 팀이 40~50개 정도 있을 텐데 그 팀들에도 다 40대 이상이 많아요.

이은경: 여자들끼리 야구를 한다고 하면, 뭐랄까 남자들보다 승부욕이 덜할 것 같고 친목 활동이나 화목한 분위기가 더 강할 것 같다는 말 많이 들으시죠?

정민지: 지금 이렇게 게임을 하기까지 굉장히 많은 일이 있었죠. 우리는 그냥 친목 동호회가 아니라 운동 모임이니까 승리라는 결과물이 나와야 하고, 기록도 웬만큼 나와야 하고 그렇잖아요. 그런데 초심자들이 많다보니까 운동보다 끝나고 커피 마시고 밥 먹는 것만 너무 좋은 분들도 있는 거예요. 우리가 일요일에 굉장히 많은 시간을 할애하는데, 열심히 운동을 안 하시는 분과 면담해보면 "친목이 너무 좋아서, 히히" 이렇게 답하시더라고요. 심지어 경기 중인데, 1루 주자가 상대팀 1루수랑 "어머, 배트 예쁘다. 어디서 샀어?" 막 그런 잡담을 하고… 저는 처음에 생짜 초보 동호인들하고 운동을 시작하고 나서는 정말 '멘붕'에 가깝게 그런 일들을 못 견뎌했어요. 아무래도 제가 주장이고 운동 경험도 좀 있고 하니까 조금씩 우리 팀 분위기를 다잡았죠. 그래서 이런저런 해프닝도 많았어요. 지금은 충분히 친목 다질 시간도 주고, 엠티도 가요. 아 참, 우리 엠티 가면 난리도 아니에요. 진짜 재미있게 놀아요. 그런데 저는 개인적으로 그렇게 즐거운 시간도 충분히 있으니까 운동장에서는 좀 쌍심지를 켜고 했으면 좋겠는데, 아직은 좀 과도기 같아요. 다른 팀은 5년에서 10년까지 된 팀도 많아요. 그런 데 비하면 우리는 아기죠, 신생아. 그런 팀들도 이야기 들어보면 일도 많고 갈등도 많아요. 사람 모여서 하는 일이 다 그렇지 않나요?(웃음)

이은경: 그렇다면 현재 객관적인 실력에 대한 부분

도 궁금해요. 흔히 스포츠계 통설이 '수비는 노력하면 끌어올릴 수 있지만 공격력이나 투수력은 타고난 부분도 크다'는 것인데요. 동호인들이 즐겁게 운동하는 건 좋지만 현실적으로 실력에 한계가 있는 것도 사실 아닌가요?

정민지: 만들어서 해야죠, 어떻게든. 그리고 투수를 하고 싶어 하는 사람은 모여서 하는 훈련 외에 평일에 보통 퇴근하고 주 2, 3회는 개인 레슨장을 다녀요. 테크닉이 필요하니까요. 다만 여자들을 잘 가르치는 좋은 코치 찾기가 쉽지 않다는 게 애로 사항이에요. 보통 선수 출신의 남자 코치들이 사설 레슨을 하는데, 이분들은 주로 남자들을 가르쳤고 자기들도 남자라서 남자의 투구 매커니즘에 맞춰서 가르쳐요. 내 생각에는 여자들은 메커니즘이 다른데요. 그 차이를 무시하고 가르치면 몸도 망가지고, 어깨 나가고, 왜 이렇게 안 되냐는 타박만 듣는 거죠. 여자 레슨을 많이 해보신 분들은 괜찮은데 그게 아닌 데서 배우면 오히려 망가지기도 해요.

이은경: 여자 동호인 야구에서 투수 구속이 어느 정도 나오는지도 궁금한데요. 예전에 배우 홍수아 씨가 시구할 때 시속 85km로 공을 던져서 빠르다고 화제가 된 적도 있는데요.

정민지: 잘 나오면 60km 정도, 진짜 잘 나와야 60~70km 정도예요. 아까 말했듯 여자는 몸의 메커니즘이 달라서 구속이 남자만큼 안 나와요. 그걸 이해하고 경기를 해야죠.

이은경: 남자들은 동호인도 90km 넘기는 사람도 꽤 많다고 들었어요. 단순하게 구속만 보고 남자들이 '그게 야구냐' 이러면서 막말도 하고 그러지 않나요?

정민지: 지금 여기는 관중석이 없는데, 신월구장 같은 데 가면 관중석이 있어요. 거기에 아저씨들이 되게 많이 앉아서 우리 훈련을 보면서 별의별 얘기를 다 해요. 에러 나오거나 피처 구속 안 나오면 뭐라고 하는 거죠. 그거 듣고 다들 처음에는 멘붕이었어요. 어떤 언니는 욱 해서 '뭐라는 거야, 올라가버려?' 이래서 우리가 다 뜯어말리고.(웃음) 여자들은 동호인들 야구 하는 것 보면 '우와' 하고 지나가는데, 특히 아저씨들이 그렇게 뭐라 하더라고요. 관중석에 서서 '그렇게 하는 거 아니야' 이러면서 막 간섭하고.

이은경: 여자용 장비 구하는 것도 만만치 않을 것 같은데요?

정민지: 예전에는 유소년용 사기도 했어요. 그래도 요새는 용

품점 가면 엑스스몰 사이즈 제품이 꽤 돼요. 글러브가 찾기 좀 힘들죠. 제품이 대부분 남자용이라서.

이은경: 야구가 다른 종목에 비해서 부상이 많다고 들었는데요. 괜찮은가요?

정민지: 아유, 뭐 말해 뭐해요. 캐처 언니는 발등뼈 다 부러진 적 있고요. 그런데 깁스하고 나와서 앉아서 공 받더라구요 다시. 제 옆에 있는 이 친구는 코가 깨졌어요. 저희 팀에서 코 부러져본 사람만 두세 명이에요. 이 부러진 사람도 있고. 앞니 뭐 이런데 맞아서 멍들고, 슬라이딩하다가 까지고 하는 건 다반사죠. 그렇게 다쳐도 다음주에 또 나오더라구요.(웃음)

이은경: 뼈가 부러져도 또 나오게 만드는 그 힘이 뭘까요?

정민지: 여기 오신 분들도 다른 개인 운동 다 해봤던 사람들이에요. 모두 거기서는 날아다녔다고 하는 분들이죠. 그런데 야구는 처음 해보니까. 이게 개인 운동하고는 완전히 다르고, 팀워크나 합이 맞아야 돼요. "헬스장에서는 나 되게 잘했는데 야구는 맨날 혼나기만 해" 하고 좌절하고 자신감 떨어져서 그만두는 사람도 있어요. 그런데 결국은 그 합 맞추는 게 재미있어서, 그걸 경험하고 거기에 맛들이면 완전 마약이죠. 우리 팀이

아까도 말했듯이 신생아 팀이에요. 초보도 많고. 그런데 더블 플레이(두 명의 주자가 한꺼번에 아웃되는 플레이)를 실제 게임에서 한번 경험해봤는데, 와 너무 좋은 거지. 그 맛에 하는 거예요.

이은경: 이쪽에 계신 분은 나이가 좀 있으신 것 같은데요? 정민지 주장이 취미반에서 제일 열심히 하시는 분이라고 칭찬했던 그분 같은데요?

김미숙: 하하, 저는 아직 취미반에 있어요. 40대 중반이니까 적은 나이는 아니죠.(웃음)

이은경: 취미반에서는 주로 기초 훈련을 하던데요. 단순 반복 훈련이 지루하지 않나요?

김미숙: 모든 운동이 다 지루하죠. 그런데 우리 팀은 취미반에서 집중적으로 가르쳐주는 코치분들이 있으니까 실력이 늘어요. 선수반이 스물한 명이고, 취미반은 인원은 너댓 명 정도 소수예요. 인원이 적은데 집중적으로 하니까 빨리 배우죠. 야구가 쉬운 운동이 아니에요. 기술도 있어야 하고 공도 딱딱하고.

이은경: 지금은 야구 동호회 하시지만, 이전에 다른 운동도 좋아하셨죠?

김미숙: 저는 태권도를 했어요. 아주 어릴 때부터 했고 2단까지 땄어요. 유단자 되려고 했는데 그만 딱 거기서 멈췄네요. 배드민턴도 오래 했고요.

이은경: 보통 여자들은 출산 후에 갑자기 자기 시간이 완전히 없어지기 때문에 '멘붕' 같은 게 오지 않나요? 운동에 대한 목마름이랄까 그런 것도 그때 생긴 건가요?

김미숙: 그렇죠. 제가 기아 타이거즈 열혈팬인데, 야구 계속 보고 응원하다가 직접 하고 싶어서 들어왔어요. 내 최종 꿈은 여기서 멈추는 게 아니라 나중에 동호인들 시니어리그를 만들어서 거기에서 뛰는 거예요. 지금은 그런 리그가 없으니까요. 우리 히로인즈가 꾸준히 팀을 유지해서 나중에 시니어리그도 운영하고 그랬으면 해요. 일본 시니어팀하고 친선 경기도 해보고. 멋질 것 같지 않나요?

이은경: 아무래도 우리 세대는 여자가 어릴 때 야구를 배울 기회가 없었잖아요? 어떠셨어요 학창시절에는?

김미숙: 뭐, 지금도 그렇지만 저희 때는 더더욱 없었죠.

이은경: 어릴 때부터 프로야구를 엄청 좋아했다고는 하지만, 그렇다고 해서 내가 직접 해봐야겠다 이런 마음을 먹고 실행하는 게 쉽지는 않았을 것 같은데요.

김미숙: 그렇죠. 해야겠다 이렇게 마음을 먹은 건 한 4년 전? 내가 남편하고 같이 타이거즈 응원단 같은 활동을 하는데, 거기에서 경기장 가서 시작 전에 시간이 좀 나고 하면 캐치볼 같은 걸 하고 그랬어요. 그렇게 야구를 조금이나마 접해보고서는 체계적으로 더 해보고 싶어서 작년에 히로인즈에 들어오게 됐죠.

이은경: 40대면 주변에 골프 하는 사람은 많아도 야구 하는 여자는 거의 없지 않나요?

김미숙: 없죠, 없어.(웃음) 제가 애들이 둘 있는데, 걔들이 저한테 '엄마 다치지 말고 와' 그래요. 작은 애가 초등학교 6학년인데, 요즘 애들은 자기들 활동이 더 바쁘잖아요. 저 연습하고 경기하고 그럴 때 직접 오는 건 자주 못 해도 집에서 응원은 많이 해줘요.

이은경: 기아 타이거즈 팬이면 어느 선수 좋아하세요?

김미숙: 김주찬 선수 팬이에요.

이은경: 그럼 이상적으로 하고 싶은 야구 스타일도 김주찬 스타일인가요?

김미숙: 그렇죠. 호쾌하고 시원시원하게 하는 것.

이은경: 선수로서 김미숙의 장점은 뭔가요?

김미숙: 꾸준함? 요즘엔 캐치볼도 많이 좋아졌어요. 그런데 최근에는 야단을 너무 많이 맞아서.(웃음) 하나 둘 셋 넷 하고 송구해야 하는데 하는 급해서 한둘세넷 하고 확 던져버려서… 다음 시즌에는 선수반에 올라가는 게 목표인데, 동계훈련 때 열심히 해서 기회 만들어야죠. 우리 코치분들이 워낙 좋아서 동계 훈련 지나면 많이 좋아져요.

이은경: 처음에는 어떻게 이 팀에 오셨어요?

김미숙: 타이거즈 팬클럽 같이 하는 친구가 인터넷에서 보고 빨리 신청해보라고 했어요. 야구를 좋아하다보니까 들어온 거지 안 그랬으면 이 나이에 못 왔을 거예요. 우리 나이는 용기가 많이 필요하잖아요.

이은경: 야구 할 때 약간 쑥스러움 같은 것도 아직 있나요?

김미숙: 있죠, 당연히. 나이를 무시 못 해요. 한 번, 두 번 올 때는 되게 힘들고 어색했어요. 어린 친구들은 운동장 다섯 바퀴 뛰어도 안 지치는데 나는 고생도 많이 했고. 연습을 정말 많이 해야 돼요. 그래도 그 시간이 지나니까 편하더라고요. 이런 팀이 존재해서 너무 고마워요. 팬으로서 야구를 좋아하는데, 누구라도 와서 해볼 수 있으니까요. 캐치볼조차 안 해보고 오시는 분들도 많아요. 그래도 연습하면 다 돼요. 야구가 정말 좋은 운동이에요. 일단 너무 재미있잖아요. 30대, 40대, 50대까지 다 할 수 있어요. 운동 하면 사회적인 비용도 줄어드는 거예요. 야구를 꾸준히 일주일에 두 시간만 해봐요. 병원 갈 일이 확 줄죠. 우리 같은 동호회들이 더 활성화됐으면 좋겠어요.

여자 야구단 히로인즈의 선수들은 2018년 8월, 더위가 절정일 때 인터뷰했다.

운동하는 여자들이 다 그렇듯 이들은 '여자 운동' '남자 운동'을 구분 짓거나 특히 야구를 남자 운동으로 특정하는 것에 대한 거부감이 컸다.

히로인즈를 취재하면서 여자 야구 동호인 리그 경기와 훈련을 직접 봤는데, 의외의 즐거운 요소를 많이 발견했다. 경기 때 덕아웃에는 아이를 데려온 '엄마 선수' 때문에 선수들 옆에서 아이들이 놀고 있는 모습을 볼 수 있었다. 훈련 때도 마찬가지다.

과일이며 음료수며 김밥을 바리바리 싸들고 와서 나눠주거나, 과자도 종류별로 다양하게 준비해서 팀 동료들에게 넉넉히 나눠주는 모습은 아마도 남자팀에서는 보기 어려운 장면이 아닐까 하는 생각도 들었다.

인터뷰를 진행할 당시 히로인즈는 서울시가 주관하는 2018 아마추어 여자 동호인 리그에서 4승 1패까지 만들어가며 토너먼트 진출 희망을 부풀리고 있었다. 그러나 9월, 토너먼트 진출이 걸린 리그 마지막 경기에서 5-12로 져서 토너먼트 진출에 실패했다. 탈락이 확정된 날, 대부분의 선수들이 눈물을 감추지 못했다. 그리고 이들은 벌겋게 부은 눈으로 중국음식을 배달시켜서 먹었고, 그제서야 조금씩 웃음이 새어나오기 시작했다.

훈련장 구하기도 힘들고, 제대로 된 선수 구하기도 힘든 여자 야구 동호회지만 야구의 본질은 '즐거운 공놀이'라는 걸 이들이 알려주고 있었다.

그리고 덧붙이는 후일담. 정민지 씨는 2019년부터 히로인즈의 감독을 맡고 있다. 2018년 여름에 봤을 때 탈락의 쓴맛을 곱씹었던 히로인즈는 2019년 두 개 대회에서 우승하며 2관왕에 올랐다.

운동하는 아줌마,
애들은 누가 봐요?

테니스 열혈 동호인 윤수민(가명) 씨에게 묻다

"어머님, 제가 암으로 입원했어요."

"아니, 그럼 아범 밥은 누가 주냐?"

간혹 '시월드'에 관한 이야기를 나누는 기혼 여성들이 농담처럼 하는 말이다. 너무나 일어날 법한 일이라 소름이 끼친다는 말도 나오는 그런 농담이다.

남편과 아이들의 밥을 챙기고, 빨래를 하고, 청소를 하면서 쾌적한 주거 환경을 만드는 것은 소위 '주부'라는 말이 붙은 기혼 여성이 당연히 해야 할 일로 치부된다. 그런데 이 모든 일들은 사실 시간을 엄청나게 잡아먹는다. 앞서 말한 이야기는 이렇게 변주해볼 수도 있겠다.

"어머님, 제가 테니스가 너무 재미있어서 하루에 네 시간씩 치기로 했어요."

"아니, 그럼 아범 밥은 누가 주냐? 애들 학원은 누가 라이드하냐? 숙제랑 준비물은 누가 챙기고? 애들 간식은…(후략)"

자녀가 있는 기혼 여성이라면 그 사람에게 운동이란, 애를 다 키우고 자기 시간이 생길 때에야 비로소 할 수 있는 것으로 받아들여진다.

대회에 참가해 투지를 불태우고 있는 40대 후반의 열혈 테니스 동호인 윤수민 씨에게도 이런 질문을 피할 수는 없었다.

이은경: 경기 이름을 보니 '국화부'라고 돼 있는데 이게 어떤 뜻이죠?

윤수민: 여자 동호인 대회는 개나리부, 국화부 이렇게 있어요. 개나리부 대회에서 우승을 해야만 국화부 경기를 뛸 수가 있어요.

이은경: 와, 그럼 우승 경력이 어느 정도 되세요? 화려한 경력인가요?

윤수민: 화려하진 않아요.(웃음) 다만 개나리부 우승은 다른 사람들에 비해서 빨리 한 케이스였죠. 테니스 시작하고 만 5년 되기 전에 했으니까. 배운 지 4년 만에 나와서 1년 동안 대회를 쭉 했는데, 그때 했어요. 그해에 또 대회가 정말 많았거든요. 11월에 우승하고 국화부 대회에 네다섯 개 더 나간 것까지 합해서 그해에만 62개 대회를 나갔으니까요.

이은경: 국화부에서도 우승 경험이 또 있지요?

윤수민: 국화부에서는 두 번 우승 했어요.

이은경: 테니스는 언제 처음 시작하셨어요?

윤수민: 2007년부터 했어요. 그해 10월부터. 동네에 있는 코트에서 편하게 치기 시작했고, 이제 12년째 하는 중이죠.

이은경: 보통 동네 아파트 단지 안의 코트나 이런 데서 흔히 시작하잖아요? 배우다가 대회에 나가신 건 코치 권유였나요?

윤수민: 저는 포항에 살았을 때 배우기 시작했어요. 8개월 정도 포항에서 하다가 수원으로 이사를 했죠. 수원에 제가 사는 아파트 단지 안에서 배우면서 3년 정도 쳤는데, 그러다가 우연히 대회를 접해본 사람을 알게 되고 여러 동호인들과 교류를 하다보니 대회에 나가게 됐어요.

이은경: 다른 운동이 아닌 테니스를 하게 된 특별한 계기가 있었나요?

윤수민: 사실 테니스를 치겠다는 생각은 전혀 못 하고 있었어요. 그런데 남편이 회사 동료에게 테니스 배워보라는 말을 들었다면서 같이 해보자고 하더라고요. 우리는 다른 부부들하고 다르게 뭘 할 때는 무조건 같이 해야 한다는 생각이 있거든요.

이은경: 남편분도 대회에 나가세요?

윤수민: 아뇨, 남편은 대회는 안 나가요. 동네에서 테니스 열심히 치는 정도죠. 대신 저랑 같이 혼합복식 경기는 1년에 한 번 정도 같이 나가요.

이은경: 대회에 많이 나가시니까 이제는 남편보다 실력이 앞서는 것 아닌가요?

윤수민: 같이 쳐보면, 하나하나 샷으로만 볼 때는 아무래도 남자가 힘도 더 좋고 그렇죠. 하지만 경기 운영 자체로 보면 내가 밀리지 않는다는 자신감이 있어요. 또 남편은 단식 위주로만 게임을 해서 복식 운영을 내가 더 잘하지 않나 싶어요.

이은경: 대회는 복식 위주로 나가시나봐요?

윤수민: 개나리 때는 단식 대회에 한두 번 나가봤지만 지금은 안 나가요. 또 여자 테니스 동호인 대회에는 단식 대회가 별로 없어요. 주로 파트너 정해서 복식으로 많이 나가죠.

이은경: 어릴 때부터 운동을 많이 즐기는 편이었나요?

윤수민: 저는 형제가 3남1녀예요. 어릴 때 선머슴처럼 컸어요. 오빠, 남동생 다 있어서 제 성격이 좀 와일드하고 그래요. 20대

초반에는 격투기를 했어요. 주로 이종격투기를 하고, 호신술도 배우고.

이은경: 90년대 초반에는 이종격투기 하는 여자가 거의 없을 때 아닌가요?

윤수민: 저는 도장을 차릴 생각을 했을 정도로 좋아했어요. 그리고 예전이라고 해서 여자가 격투기를 안 했다는 건 편견이에요. 제가 다니던 도장에도 여자가 꽤 많았어요. 다 나보다 언니들이었고.

이은경: 그렇다면 기본 체력이나 운동 감각이 좋은 상태에서 테니스를 시작하셨네요.

윤수민: 아뇨, 전혀 그렇지 않아요. 격투기 할 때는 20대 초반이었고, 운동 시작해서 3~4년 정도 하다가 결혼을 일찍 했어요. 그러면서 큰애랑 작은애를 연년생으로 낳고, 키우다가 터울이 있는 셋째를 낳았어요. 그렇게 살면서 운동하고는 아예 거리가 멀어졌죠. 애들 좀 키우고 나서 가족들이랑 같이 인라인 타는 정도? 운동은 못 했어요. 오랫동안 육아에 올인했죠.

이은경: 테니스를 시작한 2007년이면 애들이 웬만큼 큰 다음이겠군요?

윤수민: 막내가 네 살 때였어요. 그런데 큰 애들하고 나이 차가 좀 있다 보니까 엄마는 운동 다니고 막내는 애들이 다 키웠죠.(웃음)

이은경: 격투기와 테니스의 매력은 어떻게 다르던가요?

윤수민: 격투기는… 일단 사람을 패는 거잖아요. 사실 격투기도 대회에 나가봤는데, 젊을 때는 잔인하다는 느낌을 전혀 못 느꼈는데 지금 생각하면 사람을 때리는 거라 못 할 것 같아요. 아, 지금도 배우고 싶은 격투기는 하나 있어요, 검도. 그런데 지금은 테니스에 올인하고 있어서 못 하죠.

이은경: 격투기나 테니스나 다 일대일 경기라서 기싸움에서부터 상대를 제압해야 하는 건 비슷하지 않나요?

윤수민: 저는 테니스를 주로 복식으로 하니까요. 격투기하고는 좀 다르게 느끼죠. 테니스는 파트너랑 호흡이 중요하고, 또 테니스는 일단 피를 안 보잖아요. 격투기는 피를 보고 하다보면 이도 부러지고 이런 경우가 많아요. 또 테니스는 그런 일 없이 깔끔하게 스코어로 승패가 갈리잖아요. 그래서 더 재미있는 느낌이에요.

이은경: 테니스의 재미에 빠지면서 운동량이 급격히 많아진 건가요?

윤수민: 테니스는 처음 시작하면 거의 1년 동안은 게임을 못해요. 기본기를 먼저 익혀야 하고 그 시간도 꽤 오래 걸려요. 그런데 그 시기 지나서 비슷한 수준의 사람끼리 게임을 하기 시작하면 거기 빠져들고, 완전 미치죠. 지금은 미치는 시기는 좀 지난 상태예요.(웃음)

이은경: 얼마나 테니스를 치셨길래 '미친다'고까지 표현하시나요?

윤수민: 지금은 운동 안 하는 날은 집에서 쉬기도 하고 그래요. 그런데 3~4년 전에는 매일같이 테니스를 치고, 비가 와서 못 하는 날은 그냥 나가서 하늘만 쳐다봤어요. 클레이 코트가 비와서 젖으면 '어떻게든 물을 빼고 마른 모래를 뿌려서 롤링을 해서 운동해야지' 이 생각만 하면서 혼자 난리였어요.

이은경: 매일 치신 거예요, 하루도 쉬지 않고?

윤수민: 매일 치죠 그때는. 클럽만 있으면 거의 매일 나가서 치죠, 미쳐 있으니까. 오전에도 나갔다가 오후에도 갔다가 해요. 점심때만 사람들 없어서 못 가고요. 지금은 이제 쉴 때도 있고,

대회에 나갈 때도 많으니까 그렇게는 안 해요.(웃음)

이은경: '미쳤다'고 표현했던 그 시기에 실력도 팍 팍 늘어난 건가요?

윤수민: 테니스는 다른 운동하고는 좀 달라요. 하나를 하려면 오래 걸려요. 테니스 경기가 보기엔 쉬워 보이지만 들어가서 하나의 샷을 치려면 몇 년 걸려요. 공을 원하는 곳으로 보내는 것만 연습하는 데도 몇 년 걸린다니까요. 처음 치는 사람 그냥 세게 치는데, 강약 조절하기까지 또 시간이 한참 걸리더라고요. 테니스는 시작해서 연습 많이 한다고 금방금방 실력이 '업'되는 게 아니에요. 올라갔다 또 떨어졌다 계속 그래요. 거기서 성장을 하는 거죠.

이은경: 운동만큼이나 사람들 만나는 재미도 있지 않나요?

윤수민: 오늘 대회장에도 참가자들 다 도시락 싸갖고 왔어요. 다 같이 밥 먹고, 시합도 하고. 테니스 동호인은 친구들 모임이 있어요, 동갑들끼리의 모임. 제가 1971년생인데 71년생 모임 멤버가 전국적으로 한 45명 정도 되거든요. 이 모임을 한 달에 한 번 해요. 이렇게 동갑내기 모임들이 다 활성화돼 있어요. 친구들이랑 치는 게 제일 좋죠. 지금 제 복식 파트너도 친구예요.

최고예요 친구가.

이은경: 모임이라는 게 그냥 음식점에서 모여서 밥 먹고 이런 모임이 아닌 거군요?

윤수민: 일단 모여서 테니스 치고, 게임 하고, 그러면서 간식도 먹고, 수다도 떨고. 끝나면 또 다 같이 밥 먹으러 가고 그러죠. 정확히 말하면 테니스 모임이죠.

이은경: 요즘 운동 스케줄은 보통 어떻게 되나요?

윤수민: 일단은 여자들 모임이 월요일, 목요일에 있어요. 목요일에 대회가 되게 많아요. 대회 있으면 모임은 안 하죠. 월요일 모임도 대회 있으면 못 나가지만 그래도 어찌어찌 늘 모여요. 가서 운동하고, 또 대회 나오고. 그게 다예요. 제가 레슨을 한 10년 동안 한 코치님한테만 받았어요. 그런데 딱 작년 1월부터 레슨을 안 받거든요. 대회에 나가고, 모임에 나가고 하는 것에 더 집중하고 싶어서요. 레슨은 안 하지만 실력을 키우려고 더 노력 중이에요. 제가 작년 하반기부터 올 초까지 성적이 쭉 잘 나왔어요. 그래서 그런지 더 재미있고 집중하게 되는 그런 게 있어요.

이은경: 자제분이 셋인데, 다들 운동을 좋아하나요?

윤수민: 아들, 딸, 딸 이렇게 있는데 큰딸은 지금 트레이너 하려고 준비 중이에요. 모든 운동을 어릴 때부터 좋아했고 잘했어요. 유치원 때부터 릴레이 대표도 하고. 그런데 얘 하나만 그래요.(웃음) 다른 애들은 별로 안 좋아하더라고요.

이은경: 딸도 테니스를 같이 치나요?

윤수민: 얘가 배드민턴, 골프 뭐 다 잘해요. 그런데 테니스는 내가 잘 안 시키려고 해요. 얼굴도 타고 힘들고 그렇잖아요. 본인이 하고 싶어하긴 해요.

이은경: 테니스가 격렬한 운동이라서 부상도 많은 편이죠?

윤수민: 많죠. 나도 왼쪽, 오른쪽 종아리 근육 파열이 한 번씩 다 왔어요. 테니스 엘보로 한 1년 고생하기도 하고. 그런데 이런 정도 부상은 회복이 빠른 것들이에요. 발목 돌아가고, 십자인대 나가고 그래서 1년 정도 쉬는 사람도 많아요.

이은경: 테니스를 배우면서도 재미없다고 느끼는 사람들도 있잖아요. 이런 사람들에게 해주고 싶은 말이 있다면요?

윤수민: 테니스가 신사의 운동이다 이런 얘기가 있는데, 제가 봤을 땐 아니에요. 참 더러운 운동이라고 생각해요.(웃음) 뭐라 그래야 되나… 제가 처음 테니스 시작했을 때 우리 코치가 열정이 많아서 내가 6개월 정도 됐는데 게임을 한번 시켜보고 싶은 거야. 그래서 코치가 나랑 복식조를 짜서 다른 사람이랑 게임 좀 해보자고 해요. 그러면 그 사람들이 내 레벨이 낮아서 상대 안 한다는 의미로 등을 돌리고 서 있고 그래요. 코트에서 나가라는 거죠. 그런 설움이 엄청 많아요. 그 설움을 견디고 이겨내면 이렇게 재미를 찾는 거고, 못 견디고 그만두는 경우도 너무 많아요. 그런 힘든 과정을 이겨내야 돼요.

이은경: 20대 때는 격투기, 지금은 테니스를 열정적으로 하고 계시잖아요. 이렇게 열심히 운동을 할 수 있는 비결이랄까 그런 게 있나요?

윤수민: 일단 결혼하고 애 키우는 여자들이 운동을 하는 게 쉽지는 않죠, 환경상. 나는 남편하고 함께해야 된다는 게 컸고, 그래서 좀 더 쉽게 운동을 시작하고 몰입할 수가 있었어요. 지금 여기 나와서 운동하시는 분들 다 집안도 편안하고 경제적인 부분도 어느 정도 뒷받침이 되는 사람들이에요. 집에서 남편이나 아이들이 반대하거나, 가족 중에 누군가 엄마가 운동하는 걸 불편해하거나, 혹은 경제적으로 돈을 벌어야 해서 시간이 부족하거나 하면 이 정도로 열정적으로 하기가 쉽지 않아요. 못 하

죠 사실. 저도 오늘처럼 이런 대회 있으면 아침에 나와서 하루 종일 있거든요. 많으면 일주일에 대회가 두세 개도 있는데 그거 다 뛰는 사람도 있어요. 가정이 다 편안하니까 이런 데서 즐거움도 찾을 수 있는 것 아닌가 싶어요.

이은경: 애들이 고3이거나 이럴 때는 엄마들이 올인해야 되는데 그러면 운동하기가 또 어려워지죠 아무래도?

윤수민: 운동에 많이 방해되죠. 보통 테니스 치는 엄마들도 애가 고3이 되면 자제 많이 해요. 근데 저는 우리 애들을 좀 강하게 키워서.(웃음) 각자 알아서 하라고 그랬어요.

이은경: 혹시 아이들이 그런 이유로 원망하지는 않나요?

윤수민: 음… 약간. 그런데 엄마가 '나는 몰라. 네가 알아서 해' 그래서 그런지 몰라도 우리 애들은 알아서들 잘했어요. 다른 엄마들은 애들 다 챙기고, 밤에 다 데리러 가고 하느라 고생 많이들 하죠. 나는 상대적으로 조금 편했어요. 요즘 우리 딸이 그런 얘기는 해요. 막내랑 여섯 살 차이가 나니까, 막내 네다섯 살 때 자기도 놀고 싶은데 엄마가 운동한다고 내가 동생 보살피느라 힘들었다고. 그래도 지금은 큰딸이랑 친구처럼 이런저

런 이야기 다 하죠. 딸이 '엄마 그때는 그랬는데, 지금은 다 괜찮아' 이렇게 말해 주더라고요.

이은경: 여자들이 50세 전후로 갱년기 와서 고생한다는 이야기 많이들 하잖아요. 수민 씨는 확실히 운동하는 동호인이 그런 고생을 덜한다고 느끼시나요?

윤수민: 네. 확실히 그래요. 60대 언니들 중에는 '아직 갱년기 안 왔어' 하는 사람도 있고, 확실히 운동해서 그런지 수월하게 넘어간다는 얘기는 많이 해요. 운동을 하면 진짜 달라요. 갱년기도 그렇지만 평상시에도 일단 운동해서 활력이 생기고, 사람들 만나서 즐겁고 그렇잖아요.

이은경: 올해 구체적인 목표가 있다면요?

윤수민: 대회를 가능한 많이 나가고 싶어요. 국화부 대회에서 다섯 번 이상 우승하면 '슈퍼 국화'라는 이름이 따로 붙거든요. 지금 테니스 동호인 대회를 주최하는 곳이 세 군데 있는데, 서로 주는 포인트가 달라요. 꼭 우승 아니더라도 준우승이나 다른 입상 성적에 따라서 포인트가 있는데, 꾸준히 포인트도 모으고 우승도 더 해서 슈퍼 국화가 되는 게 목표죠. 또 동호인 한일전 대회가 있는데, 거기 대표를 뽑는 대회가 또 별도로 있

어요. 지금 파트너랑 제가 올해 대표로 뽑혔거든요. 올해는 일본 선수들이 한국에 와서 하고, 내년에는 우리가 일본으로 가요. 거기서도 경기 잘하는 게 목표예요.

운동, 특히나 어느 정도 이상의 열정적인 스포츠 활동은 2인 이상 가족 안에 속해 있을 경우 다른 가족 구성원의 이해 혹은 희생을 필요로 한다. 운동에 관해 이야기할 때 사람들이 흔히 잊고 넘어가는 부분이다.

미국에는 중산층 가정에서 자녀가 야구를 할 때 엄마가 감수해야 하는 돌봄 노동에 관한 연구 보고서도 있다고 한다. 자녀의 운동복을 세탁하고, 옷과 장비를 챙기는 소소한 일부터 시작해서 아이가 훈련장에 오갈 수 있도록 실어 나르고, 경기를 관전하고 응원하며, 또 그럴 때 온가족이 함께 간다면 가족이 경기를 보면서 먹을 도시락, 음료수 등등을 모두 전담하는 게 엄마다.

남편이 운동에 미쳤을 경우는 어떤가. 남편이 주말에 운동을 즐기는 동안 독박 육아, 독박 가사노동은 아내의 몫이다. '너는 실컷 즐기는데 나는 식모 노릇이나 하고 있냐'는 내적 분노와 스트레스도 기본 옵션으로 따라온다.

여가 시간에 운동을 즐긴다는 것 자체가 이처럼 젠더 평등과 떼놓고 생각하기 어렵다. 남편 혹은 자녀, 때로는 병간호나 부양을 해야 하는 노부모가 있는 여성이라면 운동을 하기 위한 제약 요소가 너무 많다. 가족 안의 '엄마'로서 당연히 해야 한다고 암묵적으로 강요받는 돌봄 노동에서 한숨 돌릴 수 있는 여건이 수반되어야 하기 때문이다.

굉장히 열정적으로 테니스에 몰두하고 있는 동호인 윤수민 씨의 말은 그래서 더 인상적이었다. 그는 '내가 열심히, 부지런히 했기 때문에 테니스를 잘 친다'고 자랑하듯 말한 게 아니라 '가족이 도와주고, 화목한 가정 안에서 어느 정도 여건이 되니까 이렇게 마음껏 운동도 할 수 있다'며 담담히 설명을 했다. 대단히 현실적이면서 솔직한 이야기였다.

나이 들어 하는 운동은
왜 좋을까요?

70대 수영 동호인 김순금 씨에게 묻다

주말이나 공휴일을 제외한다고 쳐도, 하루도 빼놓지 않고 10년 넘게 아침마다 수영을 했다면 그 자체로 굉장한 '업적'이라 할 만하다. 생활체육의 꾸준함이 엘리트 체육의 경이로운 운동 능력만큼이나 놀라운 일이라는 걸 운동에 도전해본 사람이라면 누구나 안다.

김순금 씨는 70대 여성으로, 딸 하나와 두 아들을 키워냈고 지금은 둘째 아들과 며느리가 일하는 동안 손주들을 봐주고 있다. 큰아들네 아이들도 중학생이 다 될 때까지 거의 김순금 씨가 키웠다. 그 체력이 어디서 나오는지 물으면 그는 두말 않고 "매일 수영 한다"고 말하며 웃는다.

그는 지방 소도시에서 태어나 넉넉하지 않은 환경에서 자랐고, 상경해서도 일하면서 자식들 키우느라 눈코 뜰 새 없이 바빴다. 운동이라는 건 꿈도 꾸기 어려웠다. 그저 체력은 타고났다고 스스로를 위로하며 힘든 시기를 보냈다. 그러다가 자식들 다 키우고 생활에도 어느 정도 여유를 찾고 나서야 건강을 위해 운동을 시작해야겠다고 생각했단다. 새벽같이 남산을 오르고, 거르지 않고 성실하게 수영을 하는 과정이 훌쩍 10년을 더 넘겼다.

김순금 씨에게 정확한 나이를 물었더니 "실제로는 1952년생인데 시골서 어른들이 언니 생년월일을 내 것으로 잘못 올렸어요. 그래서 주민등록상으로는 1947년생"이라고 했다. 그는 "옛날에 시골서는 그랬어. 여자들은 호적을 대충 막 올렸다고" 하며 멋쩍게 웃었다.

참고로 김순금 씨의 큰아들은 '적토마'로 유명한 야구 스타인 LG 트윈스 이병규 코치다. 그가 오랫동안 수영을 하고 있는 곳은 이병규 코치의 모교인 서울 청구초등학교 안의 수영장 (현재는 학교복합화시설인 청구문화스포츠센터로 운영 중)이다.

이은경: 같이 운동하는 분들 이야기를 들어보니 수영장의 체력왕이라고 하던데요.

김순금: 하하, 체력왕이 없나보네. 내가 무슨.

이은경: 수영은 언제부터 시작하셨어요?

김순금: 여기 청구초등학교 수영장이 문화센터로 바뀌면서 부터니까 2006년부터 시작한 것 같네. 정확히 몇 년인지는 잘 모르겠어.

이은경: 수영은 아예 할 줄 몰랐다가 배우신 건가요?

김순금: 그전에는 아침에 남산 다니고, 야외에서 에어로빅 따라서 하고 그랬어요. 따로 강습 교실이 있었던 건 아니고, 새벽에 가면 공원에 선생님 나와서 죄다 서서 따라하는 그런 거 했어. 그때 남산에 같이 다니던 언니가 수영을 했는데, 그 언니가

가서 배우라고 하도 말을 해서 가긴 갔어. 나는 물을 무서워해서, 바로 시작은 못 하고 두 달은 아쿠아로빅 했어요. 그러다가 나도 배워야겠다 해서 시작한 거야.

이은경: 그러면 수영을 꽤 늦게 배우신 거네요?

김순금: 늦게 배웠죠. 50대에 배웠으니 늦었지. 초보에서 시작해서 중급 거쳐서 지금은 상급반이야. 자유형부터 배영, 평영, 접영까지 영법은 일단 다 배웠어. 그래도 선생님이 지금도 자세가 안 예쁘다고 야단 쳐요.(웃음) 근데 엄마들은 다들 팔도 아프고, 어디도 안 좋고 하니까 자세가 그렇게 예쁘게 안 나온다고.

이은경: 수업은 보통 어떻게 진행되나요?

김순금: 월수금은 선생님이 자세 잡아주고, 50분씩 수업을 받아. 처음에 가면 발차기부터 하고, 자유형 네 바퀴 돌고 시작하지. 수영장은 알다시피 25미터 풀장이고. 그렇게 몸 풀고 나면 판 잡고 발차기도 하고, 영법별로 돌면서 연습도 하고. 그러고 나와서 다른 엄마들이랑 커피도 마시고 수다도 떨고 그 재미지.

이은경: 대회 같은 데는 혹시 안 나가세요?

김순금: 아유, 우리는 나이 먹어서 못 해. 그런 건 젊은 엄마들

이나 하지.

이은경: 수영 처음 배울 때는 25미터 풀장 끝까지 한 번에 가는 것도 꽤 힘들잖아요.

김순금: 힘들지. 처음엔 힘들어요. 이제는 잘하니까.(웃음)

이은경: 수영을 늦게 시작하긴 하셨지만 배우는 건 빨리 습득한 편이었나요?

김순금: 아뇨, 아뇨. 우리 식구들이 다 물을 무서워해서. 코치가 나를 초급에만 1년을 놔뒀어. 나 말고 한 명 더 같이 초급에 있었는데, 그 친구가 그만둔다고 하는 걸 내가 막 붙잡고 그랬어요. 우리가 고비를 넘겨야지 이걸 못 넘기면 영원히 못 한다고 내가 막 잡았지. 1년을 초급반에 있는데, 아유 그동안 새로 오는 사람 배워서 중급으로 올라가고, 또 올라가고 하는데… 물 무서워하는 사람은 수영 배우는 게 늦어요. 나중에 1년을 하니까 코치가 놀려. 일부러 약도 올리고. "이렇게 못하는 사람 처음 봤어요" 막 그래. 아까 말했지만 우리 식구들이 물을 무서워해. 큰 아들도 그렇고 애들은 다 수영 못 해요. 유일하게 내가 배웠어.(웃음) 그래도 손주들은 다 하죠. 애들은 지들이 못 하니까 손주들은 다 시키더라고.

이은경: 지금은 잘하시잖아요? 체력도 굉장히 좋으시다고 들었어요.

김순금: 월요일에는 오리발 신고 운동 하는데, 그때는 여덟 바퀴에서 열 바퀴 정도 돌아요. 몸이 너무 무겁고 유난히 힘든 날이야 그렇게 다는 못 하고. 그래도 안 빠지고 다녀요. 우리 반에는 40대나 50대 엄마들도 많고, 나처럼 70대 나이 먹은 사람은 세 명 정도? 그래도 젊은 엄마들한테 안 밀리고 다 따라다니지.

이은경: 결석은 종종 하게 되나요?

김순금: 아냐, 안 빠져. 내가 힘들어서 빠진 날은 아직 한 번도 없고, 손주들 아플 때는 어쩔 수 없이 못 가지. 내가 지금 둘째 아들네 애들 봐주고 있거든. 내가 안 나가는 날은 수영장 사람들이 궁금해하지.

이은경: 아드님이 야구 선수인데, 운동선수 뒷바라지 하는 학부모들은 굉장히 바쁘잖아요. 그때는 운동할 시간도 없으셨겠어요.

김순금: 아유, 그때는 운동이 뭐야. 힘든 시절이었어요. 애들 세 명 공부 가르쳐야지, 먹고살아야지… 지금처럼 여유 있는 생활

이 아니었어. 그때는 토요일도 안 놀았잖아. 일요일 하루 쉬는데, 동네에 누가 사는지도 모르고 일만 했지.

이은경: 그렇게 바쁘게 사시다가 여유가 생기면 무조건 쉬자는 생각을 먼저 할 법도 한데, 그래도 남산에 운동을 다니셨던 거예요?

김순금: 건강을 위해서 운동을 해야겠다 싶었지. 수영 다니기 전에는 새벽 5시에 일어나서 남산 가서 에어로빅 하고, 산에 올라갔다 오고 그랬어. 그때는 나이가 40대 후반이니까 젊었지.

이은경: 보통 운동을 꾸준히 하면 갱년기 이후가 달라진다고들 하던데요?

김순금: 나는 갱년기가 왔다 이런 것 잘 못 느꼈어. 가끔 한 번씩 머리 좀 뜨거웠다가 괜찮았다가 그랬나? 요즘 말 들어보면 갱년기 엄청 무섭다던데. 나는 머리 좀 뜨거워서 땀 좀 흘리다가 지나가버렸어.

이은경: 운동 덕분이었을까요?

김순금: 맞아. 운동 덕분인 것 같아요.

이은경: 운동 덕분에 지금도 건강하다고 생각하세요?

김순금: 응, 나는 지금도 아픈 데 없어요. 작은아들네 애들을 봐주고 있는데, 그 집 작은애가 6살, 큰애가 유치원 다니고 있어. 걔들이 더 어릴 때는 유모차 끌고 언덕에 힘쓰고 올라 다니느라 무릎에 좀 무리가 왔었어. 물도 차고 붓고 인대도 늘어나고 한 적이 있지. 한 2년 고생했던 것 같아. 그래도 지금은 괜찮아요. 애들이 이제는 제법 컸으니까.

이은경: 손주들이 아무리 얌전해도 돌봐주시는 게 쉽지 않으실 텐데요?

김순금: 내가 체력이 좋은 편인 것 같긴 해요.(웃음) 운동하는 우리 아들도 나를 닮은 거 같고. 지금 큰아들네 큰손자도 야구하는데, 걔도 날 닮은 것 같아. 휘문중학교 야구팀에 있는데, 이번에 준우승했대.

이은경: 보통 사람들이 운동을 매일 하는 게 즐겁지 않을 때도 많잖아요. 지루하거나 힘들어서 꾀가 나기도 하고요.

김순금: 하기 싫다는 사람 많지. 많이들 그래. 수영장 가도 '아

유, 나는 오늘은 수영장에 들어가기 싫어' 이런 사람들 많아. 나는 아직까지는 '수영하기 싫어' 그런 생각 들었던 적이 한 번도 없었어. 즐거워, 아침에 수영장 가서 운동하는 게. 수영 안 하면 딱히 할 것도 없잖아? 지겨울 게 뭐가 있어.

이은경: 아까 말씀 듣기로는 초반에 진도가 늦었다고 하셨잖아요. 초급반에 1년 계셨다고. 그때도 재미있었어요? 지루하지 않고요?

김순금: 그래도 그런 생각은 없었어. 하기 싫다는 생각은 전혀 없고 즐거워. 몸을 움직이는 게 재미있어.

이은경: 수영장 나가서 사람들 만나는 재미도 있고요?

김순금: 그것도 있지. 맨날 만나는 사람 만나서 얘기하고 하는 거지만 또 그게 즐거움이지. 엄마들이 다 그렇잖아요. 모여서 앉으면 딸 자랑하고, 손자 사진 보여주면서 자랑하고… 누구는 '우리 아들 장가 안 가서 죽겠어' 그러고.(웃음) 그런 게 생활이지. 집에서 있었던 일도 수다 떨고, 운동도 하고, 사람 얘기도 하고. 다 재미있어. 수영장 사람들은 벌써 10여 년 만나서 안 보면 보고 싶고 그래. 보면 또 미운 사람도 있지만 그러다가 그 사람이 또 안 오면 궁금하고 그래요.

이은경: 처음 같이 다니자고 한 그 '언니'분께 고마우시겠어요.

김순금: 우리 동네 언니인데, 다른 데서 수영을 하다가 동네에 가까운 수영센터가 생기니까 가자고 한 거지. 가서 배우면 된다고 따라오라고 하더라고. 안 그랬으면 수영을 평생 안 했을지도 몰라. 배운 게 좋은 것 같아. 아들들도 '엄마 수영 잘한 것 같아' 그렇게 말해.

이은경: 주변에도 수영해보라고 권유를 많이 하세요?

김순금: 자식들이나 며느리들이 어머니 수영 시작 잘하신 거라고 막 칭찬을 해. 지들은 좋지.(웃음) 내가 애들 봐주는데 아프다는 소리 안 하니까 좋아하지. 내가 혹시라도 몸이 좀 안 좋을 때가 있어도 아프다는 소리는 절대 안 해. 감기가 좀 들거나 그래도 나 혼자 앓고 말지. 애들 앞에서는 절대 안 해. 내 성격이 그렇기도 하고, 애들 부담 주기 싫어. 내가 해줄 수 있는 게 손주들 봐주는 거니까 나도 수영하면서 열심히 건강관리하는 거지. 며느리들한테도 수영 배워보라고 권했는데, 걔들도 물이 무섭대.(웃음) 그래서 요가 같은 거 하더라고. 둘째 며느리는 회사 다니느라고 바빠서 할 시간도 없대.

이은경: 수영에 대해서 지금 추가로 갖고 있는 목표 같은 게 혹시 있나요? 기록을 단축시키고 싶다거나 하는 거요.

김순금: 아유, 나이 먹어서 여기서 강도를 더 높이면 힘들어. 즐겁게 지금만큼만 유지하는 게 목표야. 맨날 코치가 시키면 할머니들은 다 '아이고, 죽겠네' 그래. 물속에서 살겠다는 사람이 하나도 없어.(웃음) 그래도 코치가 잠영시키거나, 숨 참고 전속력으로 가기 시키거나 하면 열심히 따라해. 우리 상급반이잖아요.

이은경: 수영 배우시고 나서 올림픽 수영 같은 것 더 재미있게 보셨겠어요.

김순금: 그렇지. 옛날에는 안 봤는데 지금은 너무 재미있게 잘 봐. 수영 경기 하면 TV 앞에 앉아서 '팔이 저렇구나' '다리가 저렇구나' 하고 너무 잘 보지. 박태환이 나오면 응원 열심히 했어. '빨리 가! 빨리 가!' 이러면서. 내가 해보니까 선수들은 얼마나 힘들까 싶어.

이은경: 어릴 때 운동선수가 됐다면 잘하셨을 것 같아요.

김순금: 글쎄, 지금 시대 같았으면 또 어땠을지 모르지만… 나

는 시대를 잘못 타고 태어났지. 너무 어려운 시절에 너무 어려운 집에 태어났어. 어릴 때는 시골서 너무 가난하게 살았으니 운동이 뭔지도 몰랐지. 그 시절에 그런 게 어디 있어. 애들 키울 때도 그렇죠. 그때는 이렇게 운동이 다양하지도 않았어요. 그래도 큰손주 어릴 때 봐주면서 많이 데리고 놀고 운동도 같이 해줬지. 어릴 때부터 내가 맨날 데리고 캐치볼 해주고. 지금 중학교에서 야구 하는데, 힘들지 않냐고 물으면 '할머니, 힘은 드는데 재미있어요' 그래. 지 아버지 닮았는지 뛰는 게 재미있대.

이은경: 아드님을 유명한 야구 선수로 키워내느라 힘드셨을 텐데요. 운동이 지긋지긋하구나, 이런 생각이 들지는 않으셨어요?

김순금: 운동이 힘들지. 내가 취미로 재미있게 수영하는 거랑 걔네들 운동이랑은 완전히 다르지. 아들 운동은 안쓰러워. 선수 때 못 치는 날에는 내 마음도 너무 안쓰럽고 막 그래. 그런 날 걔가 집에 오면 괜히 나도 걔 눈치부터 보게 되더라고. 상처는 안 받았나, 마음은 어떤가 하고. 어쨌다 저쨌다 가족이 말할 입장도 아니고 그냥 묵묵히 지켜보는 거지.

이은경: 아들의 야구와 엄마의 수영은 다르다고 하셨는데, 지금 생각하시기에 운동이란 어떤 건가요?

김순금: 나 하는 수영은 지겨운 게 전혀 없지. 재미있잖아요. 뭐 솔직히 야구도 그래. 힘도 들지만 재미도 크지. 아들이 힘들지만 남들한테 응원받잖아요. 죽일 놈, 살릴 놈 어쩌고 해도 잘하면 다들 환호하고. 현장 가면 느껴져요. 지가 좋아서 하는 거고, 스타가 되니까 많은 사람들이 봐주는 것만으로도 감사해. 경기장 가서 보면 아들이 나와주는 것만으로도 재미있고 즐거워. 매일 6시 반 되면 야구 중계 틀고, 잘하면 기분이 좋고 또 못하면 속상하지만 지 기분은 오죽하겠어. 어찌 잘하는 날만 있겠어요. 힘든 날도 많지. 큰아들 선수 은퇴하고 나서도 LG 트윈스 경기는 꼬박꼬박 봐요. 작은아들이 '형도 안 나오는데 왜 봐요?' 그러는데, 그런 게 어딨어요. 우리 아들 코치로 있는데 팀이 계속 잘돼야지. 아들은 아들대로 즐겁게 하고, 나는 나대로 즐겁게 하고. 그게 운동 아니겠어요.

김순금 씨와의 인터뷰는 2018년 12월에 진행했다. 김순금 씨는 인터뷰 요청에 "아유, 무슨 동네 할머니를 인터뷰씩이나 하겠다고 그래"라며 굉장히 쑥스러워했다. 그는 '아들의 운동과 나의 운동은 다르다'고 몇 번씩 이야기했다. 엄청난 부담감과 스트레스를 갖고 프로로서 운동을 하는 것과 취미로 동네에서 수영하고 수다 떠는 건 완전히 다른 세계라는 것이다. 내심 힘들게 운동해서 그 분야에서 크게 성공한 아들에 대한 자부심도 묻어났다.

그러나 '아들의 운동'과 '엄마의 운동'에는 공통점이 전혀 없을까? 그렇지만은 않을 것이다. 매일 같은 시간에 짐을 챙겨 운동하러 가는 성실한 루틴, 뜻한 대로 몸이 움직이고 '플레이'가 이어질 때 느끼는 순수한 기쁨, 그리고 가끔은 마음 먹은 대로 풀리지 않아 찾아오는 좌절감은 비슷하게 겹치는 부분이 분명 있을 것이다. 몸에 있는 에너지를 최대한 쏟아낸 뒤 개운하게 샤워할 때 느끼는 쾌감 같은 것도 말이다. 인터뷰를 하면서 이병규 코치가 어머니를 닮아 야구를 잘 했던 게 아닌가 하는 생각이 들었다. 선천적으로 타고난 운동 능력뿐만 아니라 목표를 위해서라면 힘든 과정을 참아내고 성실하게 연습에 임하는 태도까지.

한 가지 더. 동네 수영장과 문화센터에서 최고로 힘이 센 회원 대접을 받는 65세 이상 여성들도 여전히 그들을 위해 제대로 된 프로그램을 제공받고 있지는 못하다. 어린 시절 제대로 된 운동을 배워본 적이 없는 이 세대는 노인 세대가 된 이후 생활체육시설을 가장 적극적으로 이용하지만, 그 나이 대에 맞는 전문 운동 프로그램을 제공받는 경우는 많지 않다.

진짜 '선수'에게
운동이란 무엇인가요?

카누 국가대표 이순자 선수에게 묻다

운동 좀 한다는 사람도, '선수'와는 실력을 견줄 수 없다. 흔히 '선출(선수 출신)'이라 부르는 엘리트 스포츠 선수 출신은 보통 운동을 좋아하고 잘하는 사람들과 완전히 레벨이 다르다. 일단 타고난 운동 능력도 차이가 나지만, 더 중요한 건 연습량의 차이다. 운동을 해본 사람은 안다. 제아무리 마이클 조던이어도 1~2년 훈련을 하지 않으면 프로의 세계에서는 통하지 않는다는 것을.

운동을 직업으로 삼고 있는 사람, 특히 여자 선수는 운동에 대해 어떤 생각을 갖고 있을까? 그들에게 운동은 곧 인생이지만 또 다른 애증의 대상이 아닐까? 1978년생으로 40대의 나이에 카누 대표팀에 있는 이순자 선수를 만나봤다. 그리고 여자 운동선수에게 그동안 궁금했던 여러 가지를 물어봤다.

이은경: 카누라는 종목이 아무래도 좀 생소한데요, 간단하게 설명을 좀 해주세요.

이순자: 간단하게 말하면 배 타고 레이스하는 거죠. 평평한 물 위에서 경기하는 게 카누 스프린트인데 카누하고 카약으로 또 나뉘어요. 카누는 무릎 꿇고 배를 타서 패들을 한쪽으로만 젓고, 카약은 앉아서 양쪽 패들링을 해요. 1인승, 2인승, 4인승이 있고 거리별로도 또 달라요. 제가 하는 게 카약이에요. 저는 주 종목이 카약(K) 1인승 500m예요.

이은경: 카누가 올림픽에서 금메달 따고 그런 종목은 아니다보니까 보는 사람들에게 익숙하지는 않아요.

이순자: 아무래도 그렇죠. 카누는 유럽이 절대적으로 잘하는 종목이에요. 또 아시아에서는 중국이랑 카자흐스탄, 우즈베키스탄 이런 데가 잘하고요. 그래도 한국이 아시아 대회에서 꾸준히 입상하고 있고, 또 앞으로 더 잘할 선수들이 지금 후배들 중에 있어요.

이은경: 처음에 카누는 어떻게 시작하게 됐나요?

이순자: 제가 고향이 전북 장수예요. 중학교 때 학교 육상부를 했는데, 소질이 있다며 선생님이 체고에 시험을 보라고 하시더라고요. 그래서 전북체고에 시험을 보러 갔는데… 최덕량 선생님이라고 그때 카누 코치를 하시던 분이 시험 보러 온 저를 보자마자 '너는 카누를 할 아이다'라며 카누부에 들어오라는 거예요. 이것저것 테스트를 좀 해보시고, 그때 선생님이 시켜서 천장에 매달린 로프도 타고 그랬는데, 여중생이 그렇게 높이까지 타는 걸 처음 본다고 막 놀라시고.(웃음) 결정적으로 선생님이 '너는 카누를 하면 국가대표를 할 수 있다'고 하셔서 그 말에 넘어갔죠.

이은경: 그때 카누가 뭔지 알고 시작한 거였나요?

이순자: 몰랐죠. 배 타는 거구나 정도만 알았죠. 카누는 처음에 물 위에서 카누 배를 타고 중심 잡는 것 배우는 데만 거의 1년 걸려요. 처음에 엄마가 '잘 먹이지도 못했는데 무슨 운동을 하냐'며 엄청 반대하셨어요. 그래서 더 오기가 생기더라고요.

이은경: 어린 시절에 넉넉한 환경은 아니었던 모양이에요.

이순자: 제가 2남9녀 중에 여덟째예요. 이름이 '순자'인 것도 아들이 귀하다고 딸들 이름에 전부 '아들 자子'를 붙여서 저희 자매들은 큰언니 빼고 전부 '자' 돌림이에요. 아버지는 초등학교 5학년 때 돌아가셨고요. 그래도 환경이 어렵다거나 서럽다는 생각은 한 번도 해본 적 없어요. 제 튼튼한 몸을 주시고, 좋은 이름 주신 부모님께 늘 고맙고요. 제가 키는 작은데(159cm) 키에 비해 팔이 길고 손이 엄청 커요. 카누 하기에 좋은 신체 조건이죠.

이은경: 고1 때부터 카누를 시작했는데, 기록을 보니까 고3 때 대표가 됐던데요. 엄청 빨리 태극마크를 단 것 아닌가요?

이순자: 제가 카누를 늦게 시작한 편이죠. 보통 중학교 때는 시작하는데, 저는 시골 살았으니 카누를 접해본 적도 없고, 제가 알기론 저 학교 다닐 때는 전북 지역에는 중학교 카누부가 없었어요. 고1 때 카누를 시작해서 그해 가을에 처음 전국체전 나가서 단체전 5등인가 6등인가 하고, 2학년 때 체전 싱글에서 2등 하면서 국가대표 상비군에 처음 들어갔어요. 그리고 고3 때 체전 싱글에서 금메달을 따고 대표팀에 들어갔어요. 당시만 해도 쟁쟁한 선배들 많았는데, 감독님 말씀, 하늘처럼 들으면서 정말 훈련을 열심히 했거든요. 그 덕분에 대표가 빨리 된 것 같아요. 그 뒤로 부상이 있을 때를 제외하곤 늘 대표팀에 있었죠. 지금까지도요.(웃음)

이은경: 카누라는 종목이 일단 피지컬, 그러니까 타고난 체격과 체력이 정말 중요한 것 같은데요. 그래서인가요? 카누는 웨이트 트레이닝을 굉장히 혹독하게 하는 걸로 유명하던데요.

이순자: 네. 뭐 운동선수들은 다들 웨이트를 기본적으로 하지만 저희는 진짜 더 체력을 요구하기 때문에 웨이트 시간이나 운동량이 더 많은 편이에요.

이은경: 카누 대표팀이 풀업(철봉 같은 기구에 매달려서 턱걸이를 하는 상체 운동) 하는 걸 봤는데, 추가로

중량을 매달고 하더라고요.

이순자: 맞아요. 벨트에 줄을 달아서 거기에 쇳덩이를 매달고 해요. 저도 한 4~5년 전에는 48kg까지 달고 풀업을 했어요. 벤치 프레스도 최대 125kg까지 했어요. 그런데 카누가 상체만 중요하다고 오해하시는데, 아니에요. 상하체 밸런스가 다 중요해요. 동계훈련 때는 러닝이나 산악 훈련, 별도의 하체 훈련도 굉장히 많이 해요. 그런데 카누에서는 타고난 신체 조건이 무조건적인 건 아니에요. 피지컬은 너무 좋은데 잘 못하는 선수도 많이 봤어요. 결국 자기 몸을 어떻게 사용할 줄 아는가, 신체를 얼마나 효율적으로 이용해서 힘을 쓰는가를 아는 게 더 중요해요.

이은경: 육상도 그렇고, 수영도 그렇고, 사람들은 피지컬 부분만 집중하지만 사실 레이스 하면서 경쟁하고 신경전 벌이고 하는 게 커서 멘탈도 굉장히 중요하던데요.

이순자: 맞아요. 그래서 이미지 트레이닝을 정말 많이 해요. 경쟁자 중에 누가 튀어나가면 내가 어떻게 대응해야겠다, 내가 어떤 페이스를 어디까지 유지하고 어디서부터 피치를 올리고 튀어나간다, 이런 걸 상상하고 여러 경우의 수를 다 생각해두는 거죠.

이은경: 운동선수라면 부상을 피할 수가 없죠. 부상 때문에 고생한 기억도 많을 텐데요.

이순자: 많이 있었죠. 26년 동안 부상당한 우여곡절 이야기하자면 끝이 없어요. 러닝하면서 십자인대 파열된 적도 있고, 팔목 부상은 뭐 늘 따라다니고요. 허리가 안 좋았을 때도 있었고. 그럼에도 불구하고 재활하면서, 휴식하면서 그렇게 운동하고 있어요. 허리 수술도, 무릎 수술도 다 후배들한테는 알리지 않고 감독한테만 말하고 수술 받고 오고 그랬어요. 그리고 이를 악물고 훈련하고요. 아, 부상 덕분에 공부도 했죠.

이은경: 부상 덕분에 공부를 하다뇨?

이순자: 2010년 즈음에 허리가 안 좋았어요. 도저히 운동을 할 수 없을 정도라서 그때 대표팀에서 빠졌어요. 그런데 저는 막 좌절하고 그런 게 아니라 '아, 이건 나에게 뭔가를 주려는 신호다. 공부를 하라는 신호가 아닐까' 싶더라고요. 그래서 석사 과정을 시작했고, 그거 마치고 나서는 1급 지도자 자격증을 땄어요.

이은경: 1급 지도자 자격증은 어떤 건가요?

이순자: 엘리트 스포츠에서 국가대표팀 지도자를 하려면 그게

있어야 돼요. 지도자 자격증 중에 최상위 자격증이죠. 보통은 현역일 때 안 따고 은퇴하고 나서 따는데, 그런데 저는 다친 김에 다 해보자고 덤벼서 했어요. 정말 너무 힘들었어요. 그때 허리가 정말 안 좋았거든요.

이은경: 허리가 아픈 상황에서 1급 지도자 자격증 공부를 한 건가요?

이순자: 1급 지도자 자격증이 실기도 있고, 구술 면접도 있고 시험 과정이 좀 길어요. 그런데 그때가 2012년인가 2013년인가 그랬는데, 제가 허리 디스크가 튀어나와서 그냥 앉아 있기도 힘들었거든요. 소속팀은 지방에 있고, 시험은 서울에서 보고. 왔다 갔다 하는데 허리 아파서 운전은 아예 못 하고, 자동차 뒷좌석에도 허리 통증이 너무 심해서 앉지도 눕지도 못했어요. 결국 남편이 운전하고 제가 복대 차고 트렁크 바닥에 누워서 이동했어요. 그걸 한 8개월 하고 자격증을 땄어요. 합격하니까 눈물이 다 나더라고요. 남편이 고생 엄청 했죠 그때.

이은경: 결혼은 언제 하신 거예요?

이순자: 2009년에 했어요. 2008년 베이징올림픽에 제가 여자 카누 사상 처음으로 자력 본선행에 성공했거든요. 올림픽 다녀오고 이듬해에 했죠.

이은경: 남편은 스포츠 계통에서 일하시는 분인가요?

이순자: 아니에요. 전혀 다른 분야에서 일해요.(웃음)

이은경: 뻔한 질문이지만, 이렇게들 많이 물어보시죠? 1년에 절반 이상을 지방에서 훈련하는 선수라서 '남편이 힘들겠어요.'

이순자: 미안한 게 많죠. 남편이 저를 이해해주고 외조라고 해야 하나, 그런 걸 정말 잘해줘요. 훈련 때 찾아와서 고기도 사주고. 선수 생활 하면서 보통의 결혼한 여자들이 하는 명절 때의 일이라든가 남편 챙기기라든가 그런 것을 거의 못 하거든요. 그걸 남편이 다 받아주고 시댁에도 이해시키고 다 해주고 있어요.

이은경: 커리어를 오래 이어가는 여자 선수로서 결혼이라는 게 장벽처럼 느껴질 때도 있을 것 같아요.

이순자: 지금 와서 보면 좀 후회되는 게… 아, 이게 결혼 자체가 후회된다는 뜻은 전혀 아니고요.(웃음) 너무 주변에서 결혼, 결혼 하니까 꼭 해야 되는구나 하고 서둘러서 한 것도 있는 것 같아요. 2008년 베이징올림픽 나갔을 때 제가 한국 나이로 벌써 서른 하나였으니까요. 그런데 웃긴 게 결혼을 하니까 이번에는

애는 언제 낳느냐, 남편이 너무 기다리면 안 된다, 언제까지 선수를 하려고 그러냐, 이렇게 잔소리들을 하는 거예요. 저는 그래요. 솔직히 저라는 사람은 성취욕이 크고, 하고 싶은 게 많고, 가정에서 누구의 보조적인 역할만 하기보다는 내 것을 이루고 싶은 욕심이 큰 사람이에요. 그런데 아직 아이가 없는 것에 대해서 '남편 불쌍해서 어떡하냐'는 이야기를 많이 들어요. 글쎄요, 그런데 저희 부부가 이렇게 잘 살고 있는 데는 또 이유가 있겠죠. 남이 볼 때는 제가 이기적이고 내 것만 찾고 있다고 생각할지 모르지만, 저는 제 훈련 시간 외에는 남편한테 정말 잘한다고 생각해요. 가는 게 있고 오는 게 있으니 문제 없는 거지, 누구 하나만 일방적으로 받으면서 사는 건 아니에요.

이은경: 너무 치열하게, 오래 선수 생활을 했기 때문에 은퇴 후에 상실감이 더 커질 것 같다는 걱정도 들지 않나요?

이순자: 진지하게 그런 걱정을 하기도 해요. 남편도 '은퇴하면 우울증 걸리는 것 아니냐'는 말도 하고요. 나는 활동적인 걸 좋아해요. 쉴 때도 앉아 있지 않는 성격이에요. 누구 아내, 누구 엄마, 이런 마음가짐하고는 좀 동떨어져 있어요. 내 이름 석 자를 빛내고, 자기계발을 통해서 살아 있다는 걸 확인하려는 성격이에요. 어릴 때는 꿈이 현모양처인 적도 있었어요. 그런데 지금은 남편이 벌어다주는 돈으로 아이 잘 키우는 생활은 저

와 전혀 안 맞는 것 같아요. 전업주부로 잘 살고 있는 동생을 보면 가끔 부러울 때도 있지만 사람이 두 마리 토끼를 다 잡을 수는 없잖아요. 내 인생은 내가 사는 거지 남이 살아주는 건 아니니까. 일단 운동을 할 수 있을 때까지는 최선을 다해서 하고 싶어요. 은퇴 후에도 지도자를 하거나 또 다른 일을 찾아서 치열하게 할 생각이에요.

> 이은경: 여자 선수들에게 결혼이라는 게 은퇴로 받아들여지던 때도 있었죠. 요즘도 결혼하고 출산하고 운동을 잘 못하면 '저래서 여자들은 안 된다'고 하고요. 그런데 더 웃긴 건 그러고도 잘하면 칭찬하기보다 '저 독한 년' 이런 소리를 듣죠.

이순자: 맞아요, 맞아.(웃음)

> 이은경: 여자 선수 중에 결혼 후 40대까지 선수 생활을 했던 롤 모델이 없었던 것도 힘든 지점 아니었을까요?

이순자: 네, 정말 그렇게 생각해요. 저 때는 여자 선수들이 서른 넘으면 은퇴하고 결혼해서 더 이상 운동 안 하고 살림했으니까요. 저도 결혼할 때 '결혼하고 딱 3년만 더 한다'고 그랬어요. 물론 하다보니 여기까지 왔지만. 안 그래도 후배들이 저를

보고 그런 이야기를 많이 해요. 언니가 잘 해줘야 그걸 보고 우리가 따라간다고. 누군가 제 앞에 있었으면 제가 좀 더 든든했을 거예요. 저한테는 없었지만 후배들이 저를 보면서 든든하게 만들어줘야죠.

이은경: 은퇴에 대한 계획은 있나요?

이순자: 아직은 카누가 너무 재미있어요. 하면 할수록 배울 게 생겨요. 끝이 없어요. 그게 너무 재미있어요. 일단 생각은 내년 전국체전 정도까지 하고 은퇴할 수도 있다고 생각 중인데, 또 몰라요.(웃음) 후배들이 나 은퇴한다고 말하면 '아, 네' '오죽하시겠어요' 막 그래요. 카누에 3대 거짓말이 있는데, 순자 언니가 은퇴할 거라고 말하는 게 그 중 하나래요.

이은경: 20년 넘게 운동만 했는데 지겹지 않아요?

이순자: 저는 도전이 재미있더라고요. 지겹다고 생각한 적은 없어요. 지겨울 틈이 없었던 게, 저는 늘 이번이 마지막이라고 생각하고 훈련했거든요. 마지막이라고 생각하면 지겨울 게 없어요. 그러다가 26년이 지나갔더라고요. 그리고 운동은 힘들어야 발전이 있어요. 저는 힘든 훈련을 즐기는 편이에요. 후배들이 저보고 변태 성향이 있대요.(웃음) 이제 후배들이랑 띠동갑도 더 넘게 나이 차이가 나는데, 어린 후배들이랑 같이하는 것

자체가 즐거워요.

이은경: 고통스러운 훈련으로 지금까지 발전해왔다고 굳게 믿나요?

이순자: 제가 전국대회 같은 큰 대회 있을 때마다 대회 전에 하는 훈련 루틴이 있어요. 완전히 혹독하게 훈련 강도를 높여서 몸을 바닥까지 가게 하고, 한 일주일 전부터 차근차근 훈련을 줄여가면서 컨디션을 올리는 거예요. 그때는 2주 전에 새벽 4시에 일어나서 싱글 타러 수상훈련을 혼자 나가요. 새벽에 혼자 4km 타는 거예요. 별것 아닌 거 같죠? 그걸 매일 하는 게 정말 죽을 만큼 힘들어요. 지금까지 한 번도 안 빠지고 했어요 그 루틴을.

이은경: 뛰어난 성과를 낸 여자 운동선수로서, 여자의 신체 능력이 남자보다 떨어진다는 말에 대해서는 어떻게 생각하세요?

이순자: 운동 자체가 여자의 운동과 남자의 운동이 다르다는 생각은 안 해요. 다만 그런 건 있어요. 폭발적인 힘을 내는 근력에서는 확실히 남자가 더 뛰어나요. 그리고 나이를 먹으면 근력이 점점 떨어지는데, 남자가 여자보다 그런 속근의 힘을 더 나이 먹어서까지 유지할 수 있는 건 맞아요. 그런데 제 경우를 보

면, 나이 먹으면서 속근은 힘이 떨어지는데 지구력이 더 좋아져요. 여자 선수는 나이 먹을수록 경기를 운영하는 능력, 경험, 지구력이 점점 좋아진다고 느껴요. 운동이란 게 얼마나 즐기고 열심히 하느냐의 문제지 타고난 근력의 문제는 아니라고 생각해요.

이은경: 30대가 넘어가면 확실히 신체적인 능력이 20대보다 떨어진다는 걸 느끼지 않나요? 몸을 쓰는 직업 운동선수이기 때문에 그런 부분을 더 확실히 느낄 것 같은데요. 그런 걸 느꼈을 때 당황하거나 좌절하지는 않았나요?

이순자: 그런 경우를 스스로 많이 겪었죠. 그런데 결국 내가 부족한 부분은 내가 훈련해서 채우는 거예요. 속근이 부족하다, 그러면 훈련으로 강화시키는 거고. 다만 나이 먹으면서 몸이 회복하는 능력은 확실히 점점 떨어져요. 나이 드는 걸 속일 수는 없어요. 나이는 숫자에 불과하다고 남들 앞에서는 늘 이야기하지만, 솔직히 너무 힘들죠. 하지만 그걸 이기려고 고통스럽게 훈련하는 게 또 재미있어요.

이은경: 현역 선수이자 1급 지도자 자격증을 딴 지도자이기도 한데요. 운동을 좋아하는 보통 여자들에게 해주고 싶은 이야기가 있다면요?

이순자: 물론 건강해야 오래 살 수 있죠. 그렇지만 운동을 할 때는 건강이나 신체 외적인 부분 말고 내면적인 게 중요해요. 하루아침에 내가 신체적으로, 운동의 퍼포먼스로 뭔가 대단한 걸 이루겠다고 생각하면 결국 작심삼일로 끝나요. 꾸준~하게 하는 게 제일 중요해요. 그러려면 무엇보다 즐기면서 해야 돼요. 가장 중요한 건 나 스스로 운동하는 걸 원하는 거예요. 그건 일반 동호인이나 엘리트 선수나 똑같아요. 즐겨야 오래할 수 있다는 이야기를 해주고 싶어요.

이은경: 운동의 재미라는 게, 어떻게 보면 운동으로 인해 성취감을 느끼는 게 굉장히 큰 부분인데요. 사실 운동에 소질이 없어서 성취감을 느끼기 어려운 사람들에게는 운동이라는 움직임 자체가 고통 아닌가요?

이순자: 맞아요.(웃음) 운동은 곧 고통이에요. 저도 그걸 느껴요. 휴가 때 푹 쉬다가 운동하면 고통스럽고 힘들죠. 그런데 그 고통 속에서 내가 얻고자 하는 걸 얻을 수 있다고 믿으면 고통이 줄어들어요. 세상에 쉬운 일이 없어요. 그런데 단계를 자꾸 넘어서려고 하면 고통이 더 커지죠. 저는 목표치를 세울 때 너무 멀리 안 갔어요. 만약에 제가 고등학교 때 카누 시작하면서 그때 당장 '올림픽 메달이 목표'라고 생각했으면 2년도 못 채우고 관뒀을 거예요. 차근차근 하나씩 '배 탈 때 중심을 잘 잡는

것' '학교 대표가 되는 것' '전국체전 입상' '전국체전 우승' '국가대표 되기' '국가대표로 2년 버티기' 이렇게 갔어요. 눈앞에 목표를 차근차근 이뤄가도록 구체적으로 세워야 재미가 생겨요. 자기의 확실한 운동 목표를 세우는 게 동기부여의 원동력이라고 생각해요. 선수들도 어린 선수들은 그런 걸 잘 몰라서 힘들어하더라고요. 내 눈앞에서 당장 뭘 할 수 있을지 생각해보고 그걸 하나하나 완성해가야 다음 단계가 보여요. 그게 재미예요. 저도 그게 축적돼서 여기까지 왔어요. 저는 그래서 고통이 저를 흥분되게 만든다고 해야 할까. 운동할 때 느끼는 고통, 그 이후에 생기는 결과물, 긴장감 이런 게 흥분돼요. 힘들지 않으면 운동 효과가 없어요. 힘들어야 운동이고, 힘들어야 대가가 와요.

이은경: 엘리트 운동선수들은 성장해갈 때 이상으로 정상에 선 후에 정신적인 스트레스를 많이 받던데요. 지금 들어보니까 그런 정신적인 스트레스도 좋다, 재미있다, 이런 생각으로 이겨낸 것 같네요.

이순자: 스트레스도 내가 너무 싫어서 피해버리면 안 받죠. 내가 좋으니까 스트레스를 받아도 운동을 하는 거잖아요. 그런 스트레스는 나쁜 게 아니라 긴장되고 설레게 하는 좋은 스트레스라고 생각해요. 싫어하는 거 억지로 하면서 스트레스 받으면 몸에 더 안 좋아요. 저는 1급 지도자 자격증 딸 때 그렇게

허리 아픈 와중에 왜 준비했냐는 말도 들었어요. 그런데 저는 반대로 '내가 아픈 덕분에 운동을 쉬고, 그 덕분에 공부를 해냈다. 아픈 게 좋은 기회가 됐다'고 생각했어요. 그리고 지도자 공부를 하면서 오히려 선수로서 생각하고 보는 눈이 더 넓어져서 선수 생활을 하고 기량을 발전시키는 데 엄청난 도움을 받았어요.

이은경: 그럼 지금 눈앞에 있는 목표는 무엇인가요?

이순자: 내년(2020년) 3월에 도쿄올림픽 티켓이 걸린 대회가 있어요. 태국에서 열리는데, 올 겨울 내내 그 대회 준비해야 돼요. 지금도 훈련 중이고요. 겨울에 수상 훈련하면 엄청 추워요.(웃음) 지금 손목 부상이 있는데 열심히 재활하면서 운동하고 있어요. 거기 집중해서 올림픽 나갈 기회를 만들어봐야죠.

이은경: 아시아 1위를 해야 올림픽 쿼터를 받는 걸로 알고 있어요. 쉽지 않은 도전일 텐데요. 응원하겠습니다.

이순자: 감사합니다.

이순자 선수 인터뷰는 2019년 11월에 진행했다.

2019년 10월에 열린 전국체전은 100회째 대회였다. 이순자 선수는 2019년 전국체전에서 개인전(K-1 500m) 은메달, 4인승(K-4 500m) 금메달을 따냈다. 이 대회는 그가 스물여섯번째로 참가한 전국체전이었다. 100회의 역사 중 4분의 1 이상을 참가한 것이다.

엘리트 선수, 특히 국내 1인자 자리를 오래 지켜온 톱 레벨 선수의 사고방식이나 태도는 일반인과 비교하기 어려울 만큼 특별하다. 이순자 선수의 이야기를 들으면서 '저렇게까지 지독하게 할 필요가 있을까'라는 생각을 했을 정도로 그는 선수 생활 내내 늘 치열했고 한 번도 멈춰서서 숨을 고르며 편히 쉬어간 적이 없었다.

솔직히 그에게 '운동선수가 아닌 일반 여성들에게 운동에 관해 어떤 이야기를 해주고 싶냐'고 물었을 때, 성공한 엘리트 선수로서 '나와는 다른 세상의 이야기'가 나올 줄 알았다. 그러나 이순자 선수가 운동의 재미에 대해 '자신이 할 수 있는 현실적인 목표를 세우고 그걸 이뤄가는 것'이라고 정의했을 때, 나는 한 대 맞은 듯 얼얼한 느낌이 들었다. 그동안 운동에 늘 실패했던 이유를 성공한 엘리트 운동선수가 정확히 요점을 파악해 딱딱 찔러버렸다는 생각이 들어서였다.

우리는 흔히 단번에 도달할 수 없는 환상 속의 목표치를 막연히 생각만 하면서 운동을 시작한다. 그리고 현실에 먼저 좌절해서 무너져버린다. 내가 늘 운동하자고 마음만 먹다가 실패한 이유가 정확하게 그런 것이었다. 이룰 수 있는 작은 목표부터 시작하라는 말을 나와 다른 레벨, 적어도 운동에서는 완전히 다른 세상인 '신계神界'에 속한 26년차 엘리트 선수에게 듣다니. 참고로 이순자 선수의 체지방률은 내 몸의 3분의 1이 조금 안 된다. 그리고 쓸데없지만 참고로 한 가지 더 말하자면, 나이는 비슷하다.

내 몸이
싫어지지 않는 날이 올까요?

팟캐스트 '말하는 몸' 기획자 유지영 씨에게 묻다

몸을 바라보는 시선은 늘 지독하게도 상대적이고, 그 상대적인 시선은 불행을 부른다. 미디어가 비추는 여성의 체형이 비현실적이라는 걸 알면서도 그 체형에 속하기 위해 '노력하지 못한' 나 자신을 탓한다. 나 역시 마찬가지였다.

팟캐스트 '말하는 몸'의 기획자인 유지영 씨가 이 팟캐스트를 만들면서 겪은 경험과 생각에 대해 웹사이트 '문학3'에 기고한 글 중 일부다.

운동, 특히 여성의 운동은 '몸'과 떼려야 뗄 수 없는 관계다. 운동은 몸을 써서 하는 일이며, 동시에 운동을 하면 몸이 변한다. 그런데 대부분의 여성들이 자신의 몸에 대해 만족하지 못하고, 운동으로 몸을 (미디어가 비추는 어떤 획일적인 기준에 맞춰) 변화시켜야 한다는 강박에 시달리고 있다. 그리고 그렇게 해내지 못하는 자신에 대해 죄책감과 좌절을 느낀다.

팟캐스트 '말하는 몸'에서는 다양한 직업, 다양한 연령대, 다양한 경험을 가진 여성들이 자신의 몸에 대해 말한다. 여자라면 누구나 공감하고, 때로는 자신도 모르게 듣다가 탄식을 내뱉을 수밖에 없는 솔직한 내용들이다. 운동에 관한 이야기도 일부 있는데, 운동에 대한 전문적인 경험담이 아니라 운동을 통해 내 몸에 대한 생각이 어떻게 바뀌었는지에 관한 이야기들이 나온다. 그래서 더 귀를 기울이게 됐다. 이 책의 마지막 인터뷰이를 운동 전문가가 아닌 '몸에 관한 이야기'를 하는 사람으로 잡아야겠다는 생각을 한 것도 그만큼 공감치가 컸기 때문이다.

나는 대체 왜 항상 '운동을 해야 한다'고 생각하고 있었을까? 운동이란 것이 곧 자신의 몸을 써서 하는 일인데, 나는 지금까지 몸을 사용해서 어떤 즐거움을 얻었고, 또 어떤 결과물을 내 보았을까? 혹시 운동을 해야겠다는 부담감이 곧 '남이 보는 내 몸을 아름답게 만들어야겠다'는 생각, 그저 내 몸을 어떤 대상으로만 여기는 데 스스로 동조해왔던 것은 아닐까? 한 번쯤은 진지하게 생각해볼 필요가 있다고 느꼈다.

유지영 씨와의 인터뷰는 무언가를 묻고 답하는 인터뷰라기보다 각각 20대와 40대인 여성 두 명이 몸과 운동에 대해 솔직하게 주고받은 '수다'라고 볼 수 있다. 실제로 이야기를 나누면서 많이 웃었다.

이은경: '여성과 운동'이라는 주제로 글을 쓰다보니 결국 여자들이 자기 몸에 대해서 어떻게 생각하고 있는지에 대한 이야기를 하지 않을 수 없었어요. 그런 부분에 대해 이야기를 나누고 싶어서 팟캐스트 '말하는 몸'의 기획자에게 인터뷰 요청을 드리게 되었습니다.

유지영: 네. 저도 여성의 몸이라든가 운동이라든가 이런 부분에 대해서 어떤 이론적이나 전문적인 배경은 전혀 없는 사람입

니다.(웃음)

이은경: 팟캐스트 '말하는 몸'에 대해서 잠시 소개를 좀 해주세요.

유지영: 제가 예전에 취재 현장에서 만나서 알게된 CBS의 박선영 PD하고 같이 기획을 했어요. (유지영 씨는 오마이뉴스 사회부 기자로 일하고 있다.) 록산 게이의 『헝거』(『나쁜 페미니스트』의 저자인 록산 게이의 에세이다. 몸에 대한 폭력적인 시선에 대해 실제로 거구인 저자가 생생하게 전달한다.)라는 책을 읽고 큰 감명을 받아서 그걸 계기로 여자들이 자신의 몸에 대해 이야기하는 팟캐스트를 만들게 된 거죠. 먼저 출연자를 만나서 인터뷰를 해요. 질문을 미리 준비해서 자연스럽게 이야기를 나누고, 출연자의 대답을 15분 정도로 편집해서 마치 쭉 독백을 하는 것처럼 팟캐스트를 만들어요. 출연자가 『헝거』에서 개인적으로 인상 깊게 읽었던 구절을 낭독하기도 하고요.

이은경: 저는 록산 게이만큼 진지한 고찰을 한 건 아닙니다만, 일상 속에서 몇 가지 질문들을 가지고 책을 쓰기 시작했어요. '왜 여자들은 운동 하면 모두 몸매, 다이어트와 연결 지을까?' '왜 축구하는 여자는 별로 없을까?' '여자들은 왜 운동을 할까, 혹은 왜 하지 않을까?' 이런 질문들이요. 한국 사회

에서 여자들은 어릴 때부터 운동하고 친해지기가 어렵잖아요.

유지영: 우리 사회에서는 학교의 운동장이라는 공간을 남자아이들이 점유하고 있죠. 남자아이들이 뛰어노는 동안 여학생들은 수다 떨고 교실에 앉아 있고요.

이은경: 유지영 씨는 스물아홉 살, 20대잖아요. 그 세대도 학교에서 여학생들이 축구나 농구 같은 공놀이를 하는 게 이상했던 세대인가요?

유지영: 아, 저 같은 경우는 어릴 때 외국에서 잠깐 살았어요. 중학교를 일본에서 다녔죠. 중학교 때 학교 배구부에서 배구를 했어요. 그곳은 시스템이 잘돼 있어서 학기 중에 학교별로 돌아가면서 친선 경기를 하는 프로그램이 있었고요. 제가 그렇게 잘하는 선수는 아니었지만 배구를 정말 재미있게 배웠고, 또 대회에서 이기고 싶은 마음에 열심히 했어요. 운동에 대해 어릴 때 좋은 기억을 만든 거죠.

이은경: 일본 이야기가 나와서 말인데, 사실 우리 세대에서 스포츠를 좋아하는 사람들에게는 일본 만화책 『슬램덩크』가 바이블 같은 책이었어요. 그런데 거기 보면 말이죠, 농구 풋내기 고등학생 강백호

에게 여학생 채소연이 레이업슛을 가르쳐줘요. 설정상 채소연이 중학교 때 농구부였던 걸로 나와요. 만화가 워낙 재미있으니까 그냥 지나쳤는데, 지금 다시 생각해보면 이게 한국이었다면 굉장히 이상하게 보일 만한 설정이에요. 예쁜 여고생이 키 190센티미터가 넘는 남자애한테 농구를 가르쳐준다? 뭔가 어색하죠.

유지영: 제가 중학생 때 경험한 일본은 운동장이라는 공간이 남학생들만 쓰는 곳이 아니더라고요. 남학생 여학생이 운동장을 같이 쓰고, 여자애들도 나가서 배구 토스 연습을 하는 게 자연스러운 풍경이었어요. 저도 배구를 재미있게 했지만, 살 빼려고 한 게 전혀 아니었어요. 이기고 싶어서 했죠. '잘하고 싶다'는 생각으로 열심히 적극적으로 했는데 그게 나에게 큰 자산이 됐어요. 고등학교 때 다시 한국에 왔을 때 제가 배구를 잘한다는 이야기만 듣고도 체육 선생님이 예뻐해주셨거든요.(웃음) 그런데 정작 한국에서는 배구를 하고 싶어도 못 했어요. 일단 같이 할 여자 친구들이 없었고, 운동을 잘하는 여학생은 완전히 엘리트 체육으로 가서 일반 학생들하고는 분리돼 있었고요. 또 운동장이 너무 남자애들의 공간이라서 거기를 지나가다가 남학생이 찬 공에 맞는다든지 하는 게 여학생들한테는 공포였거든요.

이은경: 저는 운동이라는 게 굉장히 불평등한 성격을 갖고 있지 않나 생각해요. 지금 이야기하신 것처럼 어릴 때 어느 나라에서 자랐느냐도 살아가면서 얼마나 자연스럽게 운동을 하느냐에 큰 영향을 미치죠. 그리고 운동은 일단 돈과 시간이 다 있어야 잘할 수 있거든요. '돈이 없어도 그냥 뛰는 건 할 수 있잖아?' 물을지 모르지만, 시간이 문제예요. 대부분의 학생과 직장인들이 '타임 푸어'잖아요. 그리고 돈을 써서 좋은 코치에게 배우고, 좋은 장비를 사면 훨씬 더 잘할 가능성이 있어요. 게다가 결정적으로 운동에 소질이 있는 사람은 처음부터 재미있고 잘하지만 소질이 없는 사람은 뭘 해도 어렵고 못해요. 이 얼마나 불공평합니까.(웃음)

유지영: 『핸드 투 마우스』라는 책이 있는데, 그 책을 읽어보시면 도움이 될 것 같아요. 한국도 그렇지만 미국이 워낙 자본주의가 발달한 나라고, 계급에 따라 부자와 빈자의 몸이 철저하게 나눠진 사회예요. 살찐 사람들은 빈곤층일 가능성이 크고. 그런 내용이 나오는데, 개인적으로 재미있게 읽은 책이에요.

이은경: 제가 팟캐스트를 듣다가 좀 놀랐던 게, 젊은 여성들 중에 식이장애로 고생하는 사람들이 생각보다 많다고 말하는 전문 트레이너의 이야기(30화 '닭

가슴살만 봐도 구역질이 나요', 김수영 트레이너)였어요. 젊은 여성들이 다이어트 약도 정말 많이 먹는다고요. 솔직히 저 개인적으로는 그런 경험이 없는데 20대 중에는 정말 많나요?

유지영: 네, 저도 다이어트 약을 먹었고 또 억지로 토해본 경험도 있으니까요. 저는 2011년에 처음 다이어트 한약을 먹었는데, 그때 대학에 들어가고 나서 살을 빼야 한다는 압박이 너무 심해서 먹었어요. 선배들이 예쁜 새내기들만 좋아하는 게 너무 티 나는 거예요. 예쁜 새내기는 반겨주고, 밥도 사주고 그러는데 저는 그 '예쁜 새내기'에 못 들어갔으니까요.(웃음) 지금 생각하면 당시에 살이 많이 찐 것도 아니었는데도 큰돈 투자해서 약을 먹었어요. 그 한약이 식욕 억제 기능이 강해서 밥 먹는 양이 확 줄어요. 물론 그래서 살도 빠지죠. 그렇게 몇 달 잘 버티다가 한 번 과식을 했어요. 그 순간 '부모님이 비싼 돈 들여서 한약을 사주셨는데 내가 이런 식욕 하나 제어를 못 하는구나' 싶어서 목구멍에 손가락을 넣어서 토했어요. 그런데 그때 기분이 어땠는 줄 아세요? 마음이 가벼웠어요. 의지를 다지는 계기 같고 막.

이은경: 하아… 이렇게 먹을 게 많은 세상에서 억지로 식욕을 억제해가면서 다이어트를 한다는 게 너무 잔혹해 보일 때가 많아요. 요즘 전문 트레이너들

도 PT를 해주는 목적이 건강보다도 살을 빼주는 것에 집중이 돼 있잖아요?

유지영: 여자들이 집단행동이라도 해야 하는 것 아닌가 하는 생각까지 들어요. '나는 살 빼려고 온 게 아니라 건강을 위해서 왔습니다' 하고 확실하게 의사 전달을 하는 것도 필요하고요. 저도 PT를 하고 있고, 시작할 때 그렇게 이야기를 했는데요. 그렇게 확실하게 의사표현을 해야 트레이너들이 말을 좀 조심하게 만들 수 있는 것 같아요.

이은경: 딴에는 살 빼는 데 동기부여를 해준다고 막 '갈구는' 트레이너도 있죠?

유지영: 그렇죠. 그게 자아 형성이든 건강 증진이든 어디에도 도움이 안 되는데 말이에요. 그런데 저도 겪어보면 아주 강하게 '저는 식단 조절 안 할 거예요' '건강이 먼저니까 그쪽으로 해주세요' 이렇게 단호하게 말하는 게 좀 어려워요. 소극적인 제 성격 문제도 있고, 또 내가 너무 이것저것 요구하는 진상 손님인가 하고 위축되기도 하고요.

이은경: 정작 팟캐스트에 출연했던 여성 트레이너는 남의 건강을 챙기는 전문 트레이너들이 새벽부터 밤까지 고된 노동에 시달리면서 자신들의 건강

은 다 잃어버린다고 말했던 것도 생각나네요. 트레이너도 날씬하지 않으면 손님도 안 오고, 오히려 고객에게 싫은 소리를 대놓고 듣는다는 스트레스도 심하다고요.

유지영: 네. 그래서 저는 현재 헬스장의 시스템 자체에도 변화가 필요하다고 생각해요. 지금은 트레이너들이 PT를 영업해서 건당 얼마씩 돈을 가져가는 게 일반적이라면서요. 그래서 자꾸 횟수를 더 늘리려고 하기도 하고요. 트레이너의 근무 조건도 좋아지고, 기본급을 보장받는 환경이라면 트레이너들이 더 친절하고 자세하게 회원들에게 운동을 가르쳐주고 건강함에 더 초점을 맞출 수 있지 않나 싶어요.

이은경: 현실적으로 너무 어려운 이야기 아닌가요?

유지영: 하지만 단순히 몸매, 다이어트 이야기만 할 게 아니라 건강을 위해서라면 트레이너의 고용체계까지 이야기가 되어야 한다고 생각해요.

이은경: 저는 팟캐스트 들으면서 굉장히 공감했던 부분이 '양가적인 감정'이라는 것이에요. 내가 내 몸을 남들이 보는 대상으로만 여겨지게 만들면 안 된다, 내 몸을 소중하게 여기고 사랑해야 한다는 걸

머리로는 이해하는데, 실제로 전지현 같은 몸이 보기에 아름다운 건 명백한 사실이잖아요. 그게 이상형이 되는 것도 당연하고요. '내 몸을 있는 그대로 사랑하자'라고 말하면서 머릿속으로는 모델 같은 몸매를 이상형으로 삼고 있는 게 위선적이라는 생각도 들어요. 이런 부분에 대해 어떻게 생각하세요?

유지영: 팟캐스트 41화에 '나를 온전히 사랑하는 것 그거 다 판타지인 거 아시죠?' 편이 있어요. 오마이뉴스 신나리 기자가 나오는데요. 그 선배가 팟캐스트 기획을 듣자마자 하고 싶다고 해서 출연했어요. 이 에피소드가 대답이 될 수 있을 것 같아요. 우리는 뚱뚱하다는 말을 모욕으로 여기고 있는데, 그게 내 몸을 아주 엄격한 기준으로 바라보면서 아무리 욕망해도 가질 수 없는 몸에 나를 견주고 있기 때문이라는 거죠. 신나리 기자가 "완전한 자존감은 판타지"라고 하면서 "내일은 오늘보다 더 나를 사랑하자는 말은 못 하더라도 오늘보다 나를 덜 미워하자, 그 정도로도 충분하다"고 말해요. 정말로 아끼고 친밀한 사람과 만나면 그 사람의 마음과 삶에 관해서만 이야기하는 것으로도 시간이 모자라서 외모 이야기를 안 하잖아요. 그런 부분을 다시 생각해보자는 거죠.

이은경: 그 밖에도 팟캐스트에서 기억에 남는 멘트가 수없이 많아요. 4화 출연자 유튜버 배리나 씨가

"내 벌거벗은 몸을 보면 혐오스럽고, 살을 다 잘라 버리고 싶었다"고 했던 말. 여자들은 한 번쯤 다 생각했던 것 아닌가요? "내가 이걸 먹고도 살이 찌지 않게 해달라고 하루에도 몇 번씩이나 기도했다"(21화 섭식장애의 기억) "내 몸도 나인데, 거기에 가려져서 내가 사람들에게 안 보이는 것 같다고 생각했다"(22화 두 친구의 대화)는 말도 너무 내 이야기 같아요. 유지영 씨가 쓴 글 중에 "초등학교 6학년 때 컵볶이를 들고 집에 가면서 먹는데 동네 남자애가 뭘 맨날 그렇게 먹으면서 다니냐고 한 말이 비수 같았다. 몸에 대한 기억은 늘 이렇게 수치심을 동반한다"는 구절도 와 닿았어요.

유지영: 제가 3년쯤 전에 굉장히 심하게 우울증이 와서 고생했어요. 우울증이 오면 엄청나게 감정 기복이 생겨요. 어떤 날은 다 괜찮다고 느껴지는데, 또 어떤 날은 내 몸을 보면서 이 몸으로는 도저히 살 수가 없다는 바닥을 치는 감정을 느끼죠. "이런 날도 있고 저런 날도 있는데 받아들이면서 살아야 한다"는 걸 팟캐스트의 출연자들 이야기를 들으면서 자주 느껴요.

이은경: '운동을 하면 우울증 증상이 좋아지는 데 도움이 된다'는 말은 사실인가요?

유지영: 우울증 정도에 따라서 그저 방에서 일어나서 나가는 것조차 힘든 사람도 있어요. 그런 사람들에게는 운동을 하라는 말이 오히려 폭력적으로 들리죠. 다만 힘들더라도 일어나서 집을 나가고, 병원에 가서 의사 선생님과 이야기하러 가는 것만으로도 힘이 될 때가 많아요. 그리고 의사 선생님이 "샤워를 하는 게 우울증 증상 개선에 좋다"고 하세요. 스스로 샤워를 하고 나면 자기 자신을 많이 칭찬해줘야 한다고도 하시고요.

이은경: 아하, 저도 어떻게 보면 비슷한 경험이 있어요. 운동이라면 젬병인 제가 요즘 비교적 꾸준히 헬스장에 가는데, 그게 '샤워를 하기 위해서'예요. 집에서는 귀찮아서 씻지 않을 때도 많은데, 일단 나가서 넓은 샤워장에서 씻고 오면 확실히 기분전환이 되는 거예요. 집안에 머리카락도 덜 떨어지고.(웃음) 제가 운동을 간신히 조금씩 하면서 느낀 성취감은 '헬스장 가서 씻고 오면 기분이 좋아진다'였다고 결론을 내야 하나… 혹시 최근에 운동으로 성취감을 느꼈다거나 몸에 대한 부정적인 인식이 바뀐 경험이 있으신가요?

유지영: 사람들에게 '팟캐스트를 진행하면서 몸에 대한 생각이 바뀌었냐'는 질문을 자주 받아요. 그런데 사실은 거기에 대해서 늘 실패해요. 불과 몇 달 전에도 점심을 잔뜩 먹고 사무실로

들어가다가 유리창에 비친 내 몸을 보고 구역질이 나기도 했어요. 참 어려운 일이에요.

이은경: 결국 여자들이 스스로 자기 몸에 대한 생각, 남의 몸에 대한 생각을 바꿔가는 것 말고는 답이 없죠.

유지영: 미디어 이야기를 하는 게 뻔하긴 하지만, 저는 작년이랑 올해에 TV에서 다양한 체형의 여자들이 모습을 보여줬다는 것 자체로 의미가 있다고 생각해요. 〈밥블레스유〉에서 이영자 씨가 수영복을 입고 나온 건 정말 상징적이었죠. 박나래 씨가 시상식에 멋진 드레스를 입고 나와서 멋진 수상소감을 말하고 그런 게 영향이 우리 생각보다 엄청나게 커요. 저도 과거에 3년 동안 연예부 기자를 했어요. 그러면서 의구심이 있었죠. 미디어에서 다양한 여성의 체형을 보여줘야 한다고 말하지만 저는 '그게 뭐 얼마나 영향이 있다고…' 이렇게 생각했거든요. 그런데 정말 영향이 있어요.

이은경: 저도 동의를 하는 게요, 박나래 씨가 굉장히 화려하고 다양하게 옷을 입고 나오잖아요. 그게 이전까지 내 기준에서는 '박나래같이 작고 통통한 여자가 감히 입어서는 안 되는 옷'이에요. 그런데 박나래 씨가 당당하게 '나는 이런 옷을 좋아한다'면

서 입고 나오니까 어느 순간에는 '어, 저렇게 입어도 괜찮네?' 하는 느낌이 들더라고요. 저 스스로 좀 놀랐어요.

유지영: 팟캐스트에 대해 많은 여자분들이 피드백을 주세요. 그중에 기억나는 게 '여자들이 이렇게 다양하게 살아가고 있고, 이렇게 살아도 되는구나'라는 내용이에요. 팟캐스트 출연자 중에 한 분과 인터뷰를 하다가 그분이 저한테 역질문을 했어요. "지영 씨는 팟캐스트를 통해서 뭐가 달라졌어요?"라고. 제가 생각을 하다가 "저는 레깅스를 입고 다니게 됐어요"라고 답하니까 그게 뭐냐면서 말도 안 된다고 웃더라고요. 그런데 저한테는 너무 큰 변화였어요. 소위 'Y존'이라고 하죠. 그 부분이 드러나는 게 너무 추하지 않나 하는 생각을 많이 했고, 무조건 긴 하의로 가려야만 입을 수 있는 게 레깅스라고 생각했는데 외국에 여행을 갔더니 놀랍게도 여자들이 짧은 상의에 그냥 레깅스 입고 돌아다니는 거예요. 저도 요즘은 레깅스 입고 헬스장에 운동하러 가요.

이은경: 하하, 맞아요. '치깅스(레깅스에 짧은 치마가 붙어있는 모양의 옷)'가 한국에만 있다고 하죠. 사실 저도 짧은 티셔츠에 레깅스만 입고 지하철 타고 어디 가라고 하면 못 갈 것 같아요. 실제로 팟캐스트 출연자 중에는 운동으로 몸에 대한 생각이 달라졌다

는 고백을 한 분들이 있죠?

유지영: 3화 ‘배우 최희서, 감독 한가람의 아워 바디’ 편에서 한가람 감독 말 중에 “현대인들에겐 몸이라는 게 유일하게 내 뜻대로 조종해서 남들에게 보여줄 수 있는 자아라고 한다. 영화에서 하고 싶었던 말은, 결국엔 남의 신경 쓰지 말고 살아도 된다. 누가 뭐라고 하든, 살 수 있다”는 게 있어요. 실제로 한 감독이 요즘도 취미로 달리기를 하고 있는데, 그걸 시작한 게 백수 시절이었대요. 해내고 있는 게 아무것도 없는데 달리기를 하면서 뭔가 유일하게 이루고 있다는 생각이 들어서 좋았다고 말해요.

이은경: 운동을 하면서 비로소 자기 심장이 뛰는 걸 느끼는 거죠. 또 폴댄스를 배우는 여자분의 이야기에도 그런 비슷한 내용이 있었죠?

유지영: 네, 그분은 폴댄스를 시작하고 나서 식사량 조절을 안 하게 됐대요. 그전에는 몸무게를 말하는 게 부끄러웠는데 이제는 몸으로 하는 일이 있기 때문에 사람들이 내 체중에 코멘트할 자격이 없다는 생각이 당당하게 들더라는 이야기를 하죠.

(폴댄스를 배우고) 내 몸의 부위가 나와 같은 팀이 됐다는 생각이 들어요. 허벅지로 버티는 자세가 있거든요. 누군가 나에게 ‘니 허벅지는 못생겼어’라고 하면, ‘너는 이게 어떤 걸 할 수 있는지 아무

것도 모르면서' 싶어 정말 편해지더라고요.

— 곽민지, 〈말하는 몸〉 77화 '여러분 새해엔 '폴'을 잡아보아요'

이은경: 최근에 '탑골 지디'라는 별명이 붙은 90년대 가수 양준일이 엄청 떴잖아요. 그런데 인터넷 맘카페에서 굉장히 화제였던 게 50세가 넘은 양준일 씨가 20대 때의 날씬한 몸매를 유지하는 비법이었어요. 오랜 기간 동안 연예인 활동을 전혀 하지 않았지만 엄격하게 식단을 관리했다고 하더라고요. "저것 봐라. 준비된 자에게 기회가 오는 거다" 이런 이야기들이 많이 나왔어요. 50대 남자인 양준일 씨를 보면서도 결국은 몸 이야기를 하고 있다는 게 참… 우리는 남의 몸, 특히나 날씬하게 관리를 한 남의 몸에 참 관심들이 많아요.

유지영: 그게 결국 '자기관리의 신화'예요. 날씬한 게 자기관리를 잘했다는 증거이고, 자기관리를 잘해야만 성공으로 간다는 믿음이 너무 공고하죠. 그런데 그런 이야기 있죠. 한국에서 가장 가난한 사람들 대부분이 첫차를 타고 출근하는 가장 부지런한 사람들이라고요. 노력과 성공은 등가가 아닌데 말이에요.

이은경: 결국 우리 스스로가 자기관리의 신화, 몸매관리의 강박에서 벗어날 필요가 있는데 말이죠. 그

런데 저도 말은 이렇게 하지만 실천하기는 참 어려운 일이에요.

유지영: 사회적으로 잘못된 강요와 강박에서 먼저 벗어날 필요는 분명 있어요. 그런데 사실은 그런 것들이 우리가 모르는 사이에 아주 천천히 변해가고 있는 건 맞는 것 같아요. 사실은 우리도 모르는 사이에 많이 변해왔고요. 제가 최근에 그런 것과 관련해서 어떤 경험을 하나 했는데요. 얼마 전에 '클래식 소사이어티'라는, 빈 필하모닉 오케스트라의 신년 연주회를 라이브 영상으로 가져와서 극장에서 상영해주는 걸 봤어요. 그런데 그 영상을 보면서 굉장히 이질감을 느낀 거예요. '어, 이건 아름답지 않은데?' 라는 느낌이 든 거죠. 왜냐하면 그 오케스트라에는 모두 백인 남성만 있는 거예요. 언제부터인가 다양한 인종, 다양한 연령대에 성별이 섞여 있는 게 자연스럽다고 느끼게 된 거죠. 미의 기준이라는 것도 우리가 느끼지 못하지만 미세하게 변해가고 있어요.

이은경: 이것도 예가 될까요? 제가 어릴 때인 1980년대만 해도 당대 최고의 미녀 스타들은 굉장히 마른 체형이었어요. 그냥 빼빼 마른 체형. 『선데이서울』 같은데 가끔 여자 스타들의 수영복 화보가 나왔는데, 지금 그 사진을 보면 볼륨도 없고 근육도 없고 마르기만 해서 이상하게 느껴져요. 알고 보면

30여 년이 넘는 동안 미의 기준이 나름 꽤 크게 변한 거죠. 꼭 좋은 방향으로 바뀌었다는 게 아니라 (웃음) 시대에 따라서 우리가 아는 미의 기준은 제각각으로 변해간다는 거죠. 그게 앞으로는 '다양함을 존중하는' 기준으로 바뀌어야 한다는 게 제 생각이고요.

유지영: 고백하지만, 저 역시 여전히 제 몸을 사랑하고 존중하는 데 늘 실패하고 있어요. 몸을 받아들이고, 더 건강한 음식을 먹으면서 건강하게 운동하는 습관을 들이는 것. 아직은 그 습관을 만들어가려고 노력하는 단계에요.

이은경: 책 『여자는 체력』의 저자인 운동 코치 박은지 씨가 이런 이야기를 했더라고요. "누구도 시베리안허스키가 치와와처럼 생기지 못했다고 비난하지 않는 것처럼 사람들도 타고난 체형에 맞는 건강한 몸이 존재한다"라고요. 획일화된 미의 기준에 나를 집어넣어서 괴롭힐 이유가 없다는 거죠. 미국 대표팀의 종목별 여자 선수들이 함께 바디 프로필 사진을 찍어서 공개한 적이 있어요. 그런데 종목별로 몸이 다 다른 거예요. 역도 선수는 하체가 발달했고, 유도 최중량급 선수는 힘을 쓸 수 있는 살집이 어느 정도 있고. 리듬체조 선수는 팔다리가 길고 날씬

하고, 단거리 육상 선수는 속근이 필요하니 근육이 터질 듯 발달해 있지만 마라토너는 군살이나 큰 근육이 없고 마른 체형이고요. 세계 최고 수준의 운동 능력을 가진 여자 선수들을 모아놓아도 체형이 다 다른데, 하물며 우리 같은 보통 사람들은요.

유지영: 제가 썼던 글에서 "우연히 유리창에 비친 내 모습을 보고 표정보다 몸이 먼저 눈에 들어오지 않는 날이 올까. 사실 아직 '그럴 수 있다'고 말하기 어렵다"고 했어요. 하지만 언젠가 그런 날도 올 수 있다고 믿고 있습니다.

이은경: 결국 '여성들의 운동'에 관한 이야기를 하려면 먼저 몸 이야기를 할 수밖에 없어요. 무작정 운동하자고 비장하게 계획만 세우는 분들, 물론 저도 포함한 이야기입니다만.(웃음) 내가 지금까지 내 몸을 어떻게 여기고 있었는지 한번 진지하게 생각할 필요가 있어요. 운동에 대해서 지금까지 내가 갖고 있던 어떤 부담이나 속박감 같은 게 왜 있었던 걸까. 찬찬히 생각해보면 지금까지 내가 운동에 대해 갖고 있던 생각, 내 몸에 대해 갖고 있는 생각까지도 바뀔 수밖에 없을 거예요. 저는 스포츠가 좋아서 스포츠기자로 일하고 있고, '운동은 즐거워야 한다' 그리고 '운동은 아름답다'고 굳게 믿고 있습니다. 그

운동이 아름다운 건 우리 모두의 몸이 아름답기 때문이라는 믿음이 널리 퍼졌으면 좋겠습니다.

유지영 씨와의 인터뷰는 2020년 1월에 진행했다. 마지막 인터뷰는 뭔가 책의 주제를 아울러줄 만한 사람과 해야 하지 않을까 하는 생각이 들어 인터뷰이를 찾는 게 큰 숙제 같았다. 처음에는 '평범한 여자들이 어떻게 운동을 하면 좋을지 기술적인 부분을 코칭해줄 만한 사람을 찾아야 할까?' 하는 질문이 계속 머릿속을 맴돌았다.

그러나 그보다도 취재를 하면서 가장 많이 들었던 생각이 바로 '운동은 곧 몸이다'라는 것이었다. 남들한테 멋지게 보이는 몸을 만들고 싶다는 욕망이 현재 대부분의 여성들이 운동을 통해 이루고 싶어하는 가장 큰 목표가 아닌가. 하지만 운동이란 게 과연 그런 욕망을 이루는 도구로만 사용되어야 할까?

내가 어릴 때부터 스포츠를 좋아했던 건 인간의 한계를 뛰어넘은 듯한 위대한 스포츠 스타들의 퍼포먼스와 정신력이 멋져 보여서였다. 물론 강하게 단련된 운동선수들의 멋진 몸, 세계 최고 수준의 퍼포먼스, 그런 것들이 스포츠에서 가장 빛나고 멋진 부분인 것은 틀림없다. 그러나 스포츠가 일상생활 속에서 바로 내 옆으로 왔을 때, 그것이 그저 높은 곳에 있는 이상향 같은 존재가 되어서는 안 된다고 생각한다.

스포츠의 본질은 단순히 그걸 다른 사람에게 보여주고

찬사를 받겠다는 데 있지 않다. 물론 스포츠에서 누구나 최고가 될 수는 없다. 그럼에도 불구하고 스포츠는 누구나 즐길 수 있고, 또 누구나 스포츠를 통해 아이처럼 즐겁고 행복해질 수 있다. 그게 스포츠의 진정한 매력이고 아름다움이(라고 나는 지금도 굳게 믿고 있)다.

만일 내가 그동안 운동을 힘들다고만 생각하고 미워하고만 있었다면, 어쩌면 그건 운동을 통해 내가 달성하고자 했던 게 정작 내 몸을 부자연스럽게 만드는 어떤 욕망이었기 때문은 아닐까? 스포츠, 그리고 운동은 어떤 면에서 가장 사소한 것 같으면서도 가장 어려운 생활 속의 습관이자 매너다. 신기루 같은 아름다운 몸을 얻고자 욕망할 것이 아니라 습관과 매너를 익혀 내 몸을 움직이는 것, 내 몸을 내가 스스로 통제하고 잘 다뤄나가는 것, 그런 즐거움을 여자들이 모두 누려보았으면 한다. 어떤 심리적 장벽이나 죄책감 없이 말이다.